窮鼠の一矢

河合敦

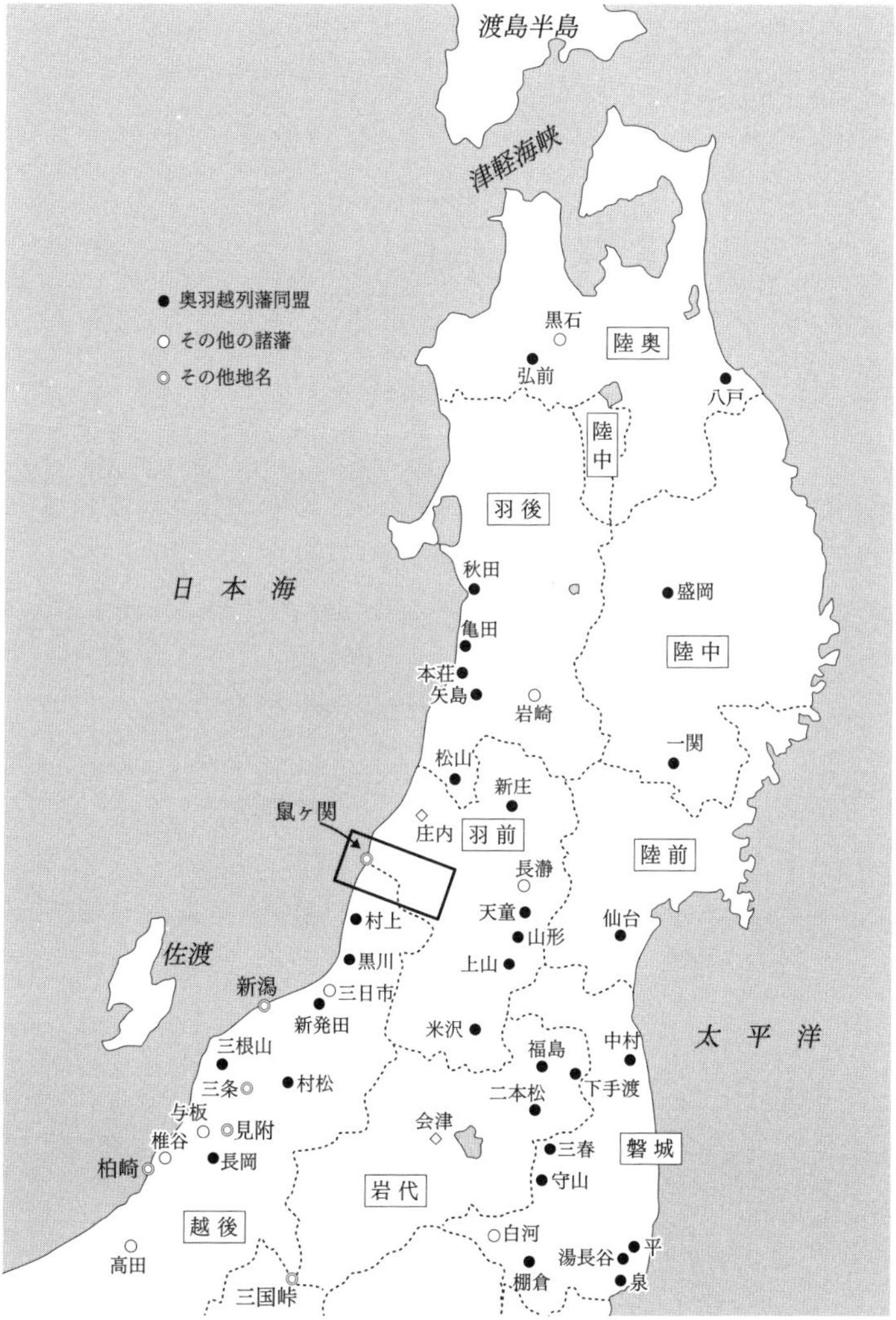

奥羽越列藩同盟と東北・越後諸藩

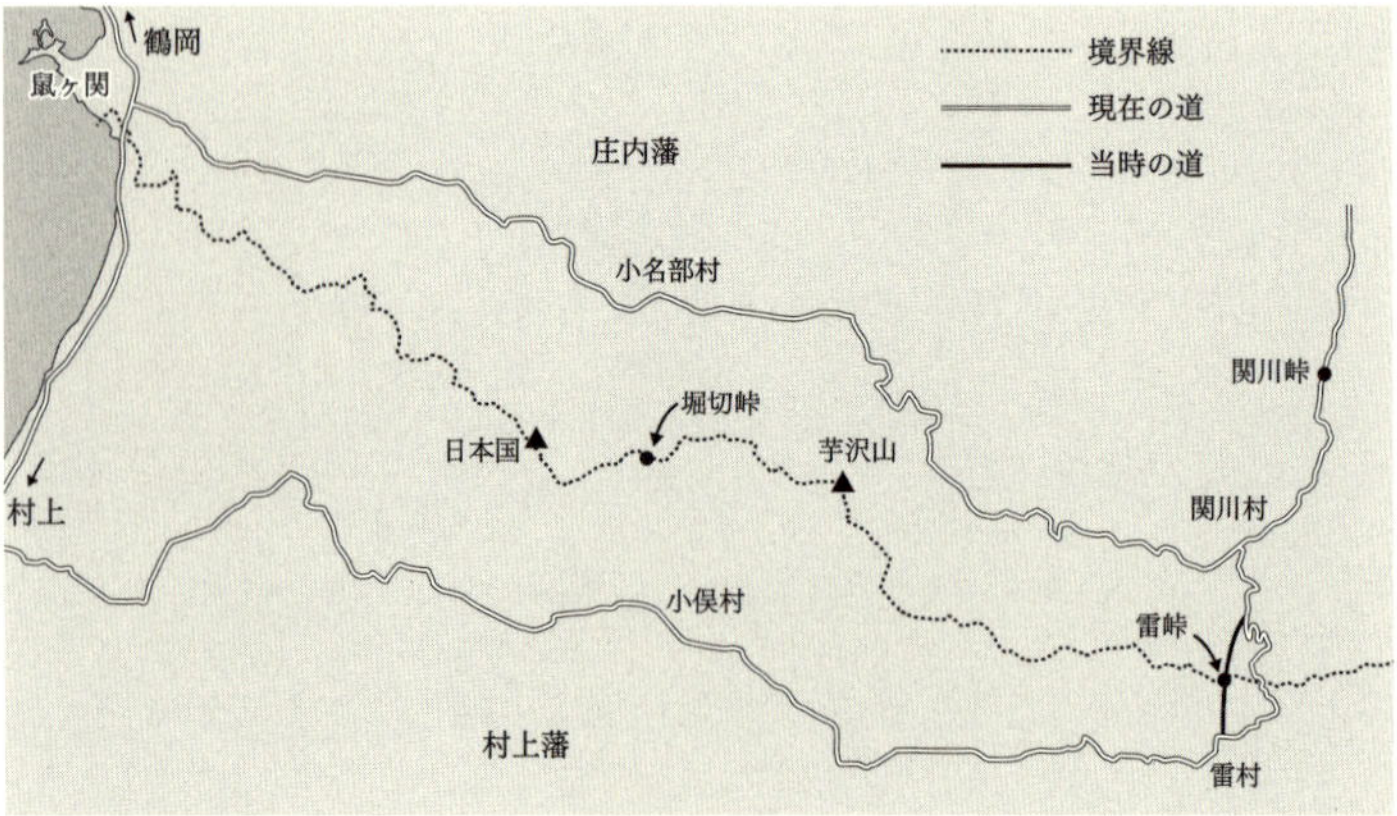

村上・庄内藩境図

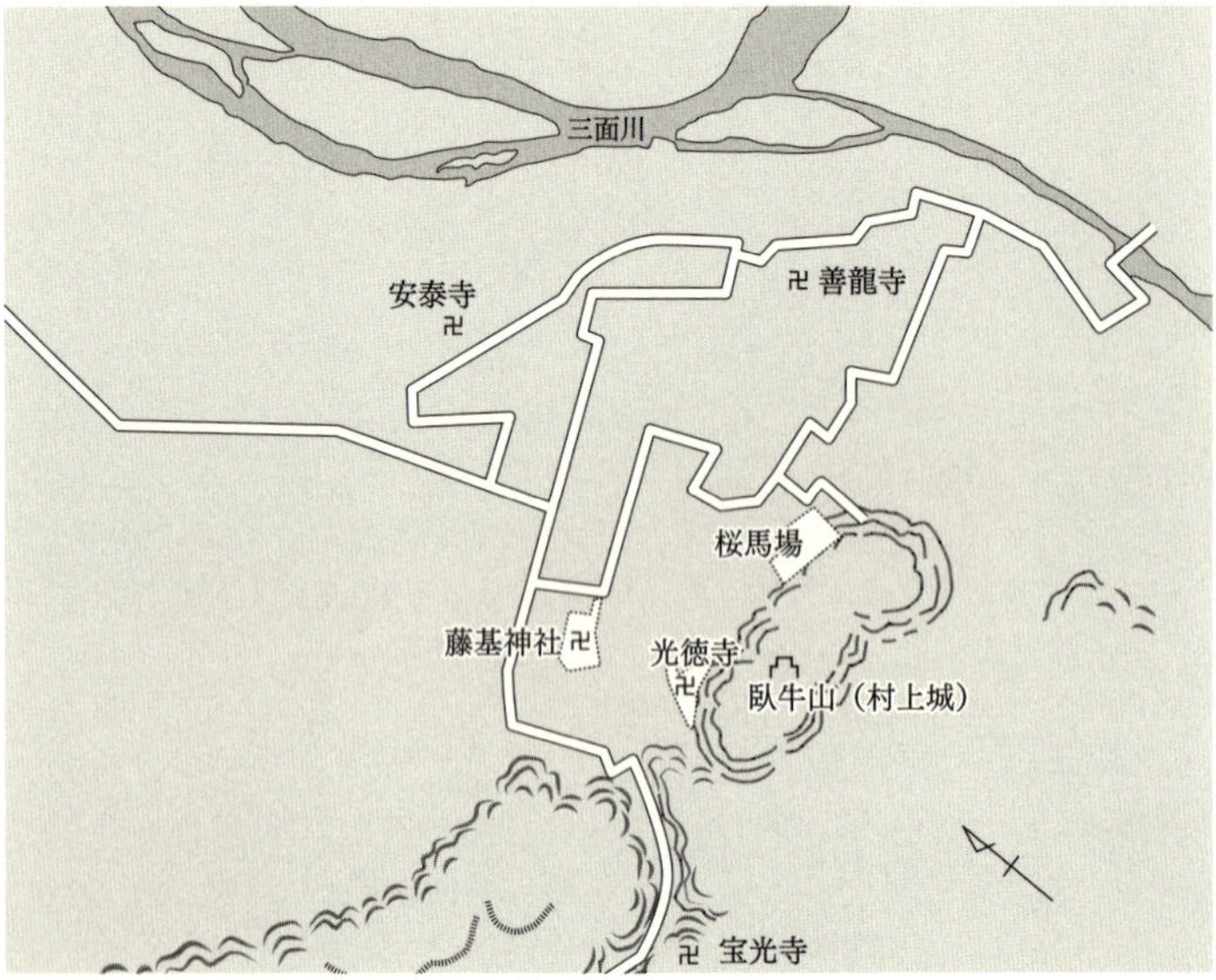

村上城下図

窮鼠《きゅうそ》の一矢《いっし》

装画…岡野賢介　装丁…三木俊一

1

降りしきる雪のかなたに、うっすらと臥牛山《がぎゅうざん》がかすんでいる。

村上城がそびえるこの山を目にすると、お国にもどった感慨が込み上げるものだが、今日の鳥居三十郎にそんな余裕はなかった。

「とにかく先を急がねば……」

その思いだけで真冬の三国峠を無理やり騎馬で踏破し、ここまでやって来た。もはや指先という指先から感覚というものが失せていた。よくぞ生きてここまで、そう我ながら感心する思いだった。

たった七日間で、江戸から越後村上までを、ほとんど不眠不休で駆けぬけてきたことになる。通常ならば、少なくとも十日以上はかかる道のりだ。

三十郎は、藤翁《とうおう》こと前村上藩主・内藤信親《のぶちか》（信思《のぶもと》）の密命をおびていた。

藤翁はすでに還暦にちかく、養子の信民《のぶたみ》に藩主の座をゆずっていたが、いまだ村上藩における最大実力者であった。

これより六日前の慶応三年（一八六七）十二月二十四日の夕刻——三十郎は突然、呼び出しをうけ、藤翁から重大な機密を打ちあけられた。

「明日、三田の薩摩藩邸が焼き打ちされることになろう」

唐突に、そう切り出されたのである。

江戸市中の警備をになう庄内藩（酒井氏）が、幕府の閣僚たちにその実行を激しく迫ったからだという。

「だから……近いうちに徳川と島津の大戦争がはじまる」

そう藤翁は、三十郎に断言した。


鳥居三十郎和祚《まさよし》が村上藩の執権職（家老）に就いたのは、前年（慶応二年）四月のことであった。

そのときはまさか、幕府の存在そのものが地上から消えうせ、さらに本家たる徳川が存亡の危機に立たされようとは、考えてもみなかった。

あれからわずか一年と半年なのに、時勢は驚くべき速さでもって、激しく渦を巻きながらこの国のかたちを大きく変えようとしている。

三十郎が家老を拝命した後すぐに、幕府の征討軍は長州一藩に敗れさり、倒幕の流れに抗しきれなくなった将軍徳川慶喜は、翌慶応三年十月に政権を朝廷に返上してしまった。

しかし、若いながら慶喜は老獪であった。

（徳川から政権を返されても朝廷は切り盛りできまい。これからも私が、政治を主導することになる）

慶喜はそう見ていた。

ところが、である。

それから間もない十二月九日、にわかに明治天皇が王政復古の大号令を発して新政府を樹立、その夜の小御所会議において、慶喜の内大臣罷免と徳川家の領地（一部）返上が決定されたのである。

これはある意味、薩長倒幕派の政変であった。

彼らは辞官納地を命ずることで徳川家を暴発させようと画策したのである。そしてもくろみどおり徳川家が兵をあげたら、武力で完全に息の根を止めてやろうとその瞬間を待ちかまえていた。とくに長州藩は昨年、幕府の征討軍をたった一藩で打ち砕いており、勝てる自信を深めていた。

思惑どおり、京都の旧幕臣や佐幕派（会津や桑名藩士など）は、新政府の決定を知って悲憤慷慨した。

しかし慶喜は、激高する彼らを引き連れて、京都の二条城から静かに大坂城へと移った。倒幕派の挑発には乗らなかったのである。

しかも慶喜は諸外国に対し「これからも外交は徳川がになう」と宣言、同時に新政府への政治工作を強力にすすめた。

――すると、政局の逆転がはじまった。

罪なくして領地を没収される徳川家に、諸大名からの同情が集まり、その結果、新政府内の公議政体派（穏健派）が実権をにぎり、倒幕派が失脚したのである。

こうして徳川慶喜が、新政府の盟主になることがほぼ確実になった。

この驚愕すべき逆転劇にあせりを覚えたのは、薩摩の西郷隆盛だった。

じつはこれより前、西郷は、益満休之助《ますみつきゅうのすけ》と伊牟田尚平《いむたしょうへい》を関東へ差し向けていた。二人は西郷の指示で、多数の浪人たちをかき集め、江戸市中や関東各地で強盗や放火などの悪事を盛んに働かせていた。わざと治安を乱し、人心の混乱を引き起こすのがねらいだった。

倒幕派が窮地におちいったいま、西郷は、

「なんとしても、江戸で大騒動を引き起こすのだ！」

そう益満と伊牟田に厳命した。

そこで伊牟田らは、十二月二十二日と二十三日、立て続けに新徴組や庄内藩の屯所に鉄砲を撃ちこませたのである。当時、江戸の治安を守っていたのが、庄内藩とその配下にある新徴組だったからだ。さらに伊牟田らは江戸城を放火させるなど、驚くべき大胆な行動をとり、これ見よがしに不逞《ふてい》浪士たちを三田の薩摩藩邸に出入りさせた。

これに激怒したのが、庄内藩の重役・松平権十郎《ごんじゅうろう》であった。権十郎は幕府の閣僚たちに、強く薩摩藩邸を焼き払うことを要求したのだ。

けれど慶喜から自重を求められていた幕閣たちは、その求めに躊躇《ちゅうちょ》した。

すると権十郎は、

「ならば、我がほうは市中の警備から手を引く」

そう言い切ったのである。

悪いことに、老中の稲葉正邦《まさくに》や陸軍奉行並の小栗忠順《おぐりただまさ》など、主戦派の旧幕臣たちも庄内藩の主張に同調、ここにおいて幕閣は、仕方なくその言い分を受け入れてしまったのだ。


「馬鹿なやつらだ」

はき捨てるように藤翁が言い、三十郎に向かって、

「襲撃は、明日の早朝になろう。主力は、庄内藩兵と徳川の洋式歩兵軍だ。出羽国上山藩や松山藩なども参加するらしい」

驚いた三十郎は、思わず、

「我が藩も加わるのですか」

と気色ばんで問うた。

というのは、藤翁の正妻・鉷子《よしこ》が元庄内藩主の酒井忠器《さかいただかた》の娘だったので、親戚のよしみを思ったのだ。

藤翁の顔に、軽い失望の色が見えた。

「誘いは来たが、即座に断ったわ」

そう言い捨てた藤翁は、

「これからお前はすぐに国元へもどり、私の意を家老どもに伝えよ」

そう言ってから、おのれの考えを述べはじめた。

焼き打ちの報に接すれば大坂城の兵たちは興奮し、薩長倒幕派と武力衝突になると予測したうえで藤翁は、

「しかし、ミカドを手にしているのは薩長。なれば、徳川はかつての長州同様、朝敵として征討の対象になろう。勅命にしたがい諸大名が群がり来れば、さすがの徳川とて勝ち目はない。我が内藤家は、ともに沈むわけにはいかぬ。何があろうとも天朝様にあらがうことはまかりならん。家中の静謐《せいひつ》を保ち、暴発をふせぐのじゃ。よいな、三十郎」

そう念を押した。

これで、村上藩内藤家があくまで新政府に対して恭順姿勢をとることがはっきりした。

かくして夜明け前、三十郎は越後へ向けて江戸をたった。

2

村上城内三の丸の南端に、鬼門封じとして藤基《ふじもと》神社が鎮座する。藩祖の内藤信成《のぶなり》を神として祀った神社である。五万石大名の社殿としては豪華すぎる総檜の権現づくりであり、それが村上藩士たちのお国自慢のたねでもあった。創建されて二十年に満たず、一歩拝殿に踏み入れると、まだ檜の香りがかぐわしい。

正月元日の夜明け前、そんな拝殿には、すでに家老四名が顔をそろえていた。

一足先に、三十郎が武藤茂右衛門に命じて召集をかけていたからだ。村上城の藩庁（二の丸）ではなく、藤基神社を選んだのは、家老以外に話をもらしたくなかったからだ。

茂右衛門は、父の代から鳥居家に仕える家士だ。まだ三十代半ばながら頭がかなり禿《は》げ上がっていて、髷《まげ》を結う量の髪はもう残っていなかった。三十郎が家老になってからは常に近侍し、何くれとなく身の回りの世話をしてくれ、まるで影のように寄りそっていた。軽い吃音《きつおん》のためか、ほとんど言葉というものを発しなかったが、仁王のごとき均整のとれた筋骨を有し、二十八歳の三十郎もおよばぬ体力の持ち主であった。

このたびも、ともに江戸から下ってきたが、途中、強靭な茂右衛門を先行させたのである。

年が改まって早々、呼びつけられた家老たちは、一刻（二時間）あまりも無言でたたずんでいた。

蝋燭《ろうそく》のゆれる灯かりをジッと見つめる者もいた。拝殿には火鉢が持ちこまれていたものの、床下からはしんしんと冷気がたちのぼってくる。

静寂が室内を包んでいたところに、いきなり三十郎が旅装のまま転がりこむようにして堂内に現れ、あいさつもそこそこに家老たちを前に江戸の情勢をまくしたてた。そして最後に、

「何が起ころうとも、天朝様にあらがうことはまかりならん。家中の静謐《せいひつ》を保つべし」

藤翁の密命をそのまま伝達した。

が、聞き終えるとすぐに脇田蔵人《わきたくろうど》がのんびりした口調で、

「しかし三十郎、それは無理な相談だろう」

と反駁《はんばく》してきた。

脇田は当年四十歳、村上藩の筆頭家老であった。じつはこの脇田も、藤翁の命をうけて十日前にお国入りしたばかりだった。新政府の徳川に対する「辞官納地」という措置を知ったとき、やはり藤翁が家中の動揺を防ぐべく、この男を江戸から派遣したのだった。

けれど脇田がいざ村上城下に入ってみると、すでに時は遅かった。

「徳川家が薩長の策謀によってミカドから領地の返上を命じられた」

という噂は、すでに広まってしまっていたのだ。

それはもう、蜂の巣をつついたような騒ぎになっており、脇田が江戸から到着したことを知るや、その詳細を聞こうと、次々に藩士たちが屋敷へ押しかけてくる始末だった。

じつは村上地方では、上方からの情報が時として江戸より早く入ることがある。日本海経由で新潟、さらに領内の瀬波《せなみ》港をへて数日で村上に持ちこまれてくるのだ。

脇田は、言う。

「俺も説得はしたさ。だがな、誰も彼も薩長のやり口を憎み、いまも極度の興奮状態にあるんだよ。もし貴様の情報に接すれば、われわれは突き上げをくらい、へたをすれば、家士たちが三々五々江戸へとはせ参じ、信民公や御隠居様を奉じて大坂城へ向かおうとするだろう。それを止められぬし、俺は止めようとも思わぬ」

筆頭家老の間のびした口調が、他人事を話しているような無責任さを感じさせ、命がけでもどってきた三十郎のカンにさわった。

続けて口を開いたのは、内藤鍠吉郎《こうきちろう》だった。家老見習いの二十歳の若者である。

「我が内藤家は、神君家康公の弟君たる信成公を祖とする家柄。しかも信成公は、神君が大敗をきっした三方ヶ原合戦で見事な殿《しんがり》をつとめ、長篠や長久手でも絶大な軍功を立てた勇将。ゆえにこの危急のときこそ、身を挺して主家をお守りするのが筋目《すじめ》ではありませぬか！」

まっすぐに三十郎を見て話した。この男、まだ若いが骨がある。横で脇田も大きくその意見にうなずいており、へたをすれば主戦派の鍠吉郎に同調しそうな気配があった。

だが、このあと江坂衛守がピシャリと、「御隠居様の意向は絶対である」と言い切ったのである。

衛守は三十代半ばの壮年家老で、幼いころから英才のほまれが高かった。しかも江戸詰めが長く、幕府の開明的な知識人とも交流があった。

「この国が強大な夷狄《いてき》たちにねらわれているいま、徳川だ、島津だと争っている場合ではなかろう。天朝を中心に諸侯が一つとなり、新しい政府のもとでやつらに対抗する力をつちかうべきだ」

というのが衛守の持論だった。

弁舌でこの男の右に出る者はない。抗弁しても負けは目に見えている。だから衛守が話をはじめると、すぐに一同の会話が途切れてしまった。

雰囲気を察してしゃべりはじめたのが、国家老の久永惣右衛門《ひさながそうえもん》であった。家老のうちで最長老の五十二歳。そして、三十郎にとっては、妻・錞《じゅん》の実父でもあった。

「まずは、御隠居様の命を率直に重臣たちへ伝えるしかあるまいのう」

そうおだやかに一同を諭した。

温厚が服を着て歩いている——そう噂されるくらい、惣右衛門は物腰やわらかな人であった。

無骨で激しやすい侍衆が多い中、この人が腹を立てた場面に出くわしたことがない。しかも、でっぷりとした福々しい体格と豊かな銀髪は、大藩の大名と遜色のない外見だ。いるだけでまわりに安堵感をあたえ、人をなごやかな気持ちにさせる。だから敵もいない。それが、久永惣右衛門という家老の最大の長所であった。

しかし、

「泰平の世ならともかく、この激動期には役に立たぬだろう」

三十郎は、そう見ていた。

義父としてふだんから親しく接しているだけに、お人好しの好人物ながら、家老として藩をまとめる器量を持ちあわせていないことを、はっきり感じとっていた。

こうして三十郎が江戸からもたらした情報は共有されたが、家老たちの意見が割れている以上、さらなる話し合いは時間のむだであった。

とにかく明日の午後、重臣たちを集めて再度審議しようではないか、ということに決したのだった。

3

鳥居邸は、藤基神社と通りをはさんですぐ反対側に位置する。

家老たちとの会議を終えると、三十郎はそのまま自宅へ入った。

玄関で三十郎が手甲《てっこう》と脚絆《きゃはん》を解き、茂右衛門に足を布でぬぐわせていると、背後から、

「ご苦労だったな」

と声がして、ゆっくりと大柄の男が近づいてきた。

父の内蔵助《くらのすけ》であった。

内蔵助は義父・惣右衛門と同い年であったが、すでに二年前に家督を三十郎にゆずって隠居していた。持病の労咳《ろうがい》が悪化し、お役目に支障をきたすと判断して、みずから公職から身を引いたのだ。

離れの茶室に起居しているが、一年半ぶりに会う父は少しやつれた感じをうけた。それでも服の上からでもわかる筋肉の隆起、手の甲にはしる太い血管、そして鋭い眼光は、若いころに鍛えた経験をおのずと物語っていた。

内蔵助は、武術の達人であった。

——村上藩のお家流と呼べる剣術に、時中流、二天流、直心影流《じきしんかげりゅう》の三つがある。

そのうち内蔵助は、宮本武蔵が創設したという二天流を選んだ。

二天流は、寛政年間に徒士《かち》の赤見有久が村上城下に持ちこんできた。丹羽五兵衛と名乗る謎の達人から長年教えをうけ、個人的に道場を開いて弟子をとっていたのだが、やがて藩のお偉方の目にとまり、正式に剣術師範に取り立てられたのである。以後、藩士の間に二天流が広がっていった。内蔵助は、剣術師範である石黒又右衛門から手ほどきをうけ、藩主の上覧試合ではたびたび好成績をのこしていた。

三十郎も幼いころから内蔵助や又右衛門から二天流を学び、腕にはそれなりの覚えがあった。

だが、三十郎の場合、剣よりも弓術のほうが性にあっていた。もともと内蔵助が日置《へき》流《りゅう》弓術に熱中し邸内に的場をつくったのだが、いまは三十郎専用になっていた。国元にいるときは、二日に一度くらいは的場で汗を流した。

いまでは手元から離れた矢が、的を外すことはなかった。おそらく三十郎は、村上藩では並びなき弓の名手といえるだろう。

三十郎は尋ねられるまま、父の内蔵助に藤翁とのやりとりを語った。

目をとじて腕組みをしながら息子の話に耳を傾けていた内蔵助であったが、やがてゆっ

くりとまぶたを開き、

「村上の侍たちは、薩賊に対して決起を叫ぶだろう。それが自然な感情だ。御隠居様もそれはわかっておられように……。我が内藤家は格別な家柄、むしろ率先して大坂へのぼり、会津藩や桑名藩と手をたずさえて朝廷から奸賊《かんぞく》を除くべきなのだ」

そう三十郎に語った。

確かに父がいうことは正論だ。

「けれど、薩長と戦って勝ち目などないのですよ」

口にこそ出さなかったが、三十郎は思った。

一年半前、三十郎は主君の信民を奉じて長州征討に参加していた。幸い村上藩は、大坂の阿倍野口の警備担当となり、長州への遠征はまぬがれた。

しかし三十郎は、実戦に参加する越後の高田藩に頼みこんで観戦武官として隊中に加えてもらった。この目でどうしても戦争というものを見てみたかったのである。こんな機会は、おそらく二度とないと思ったのだ。

高田藩は芸州口の担当となり、幕兵、紀伊藩兵、彦根藩兵、与板藩兵など、五万の大兵力でもって、長州領内（長州藩の支藩・岩国藩領）への侵入をはかることになった。陣立てにおいて高田藩は、彦根藩とともに先陣に決まり、大野より小方をへて立戸から苦の坂へと進んでいった。

そこで高田藩兵一千は、宍戸《しど》備前が率いる敵部隊と遭遇して戦闘状態に入った。相手はわずか五分の一の二百人程度。ゆえに勝てるとふんで戦いをはじめたところ、長州兵はにわかに散開して最新式のミニエー銃をはげしく連射してきた。こちらが一発弾を放つあいだに、数倍の銃弾が飛んできたのである。とても勝負にならなかった。だから彦根藩が瓦解したという噂が流れると、高田藩もそのままあわてて退却したのだった。

このとき三十郎も命からがら戦場から離脱した。

奇天烈《きてれつ》な異人の帽子や筒袖《つつそで》を身にまとい、散開しながら弾丸を浴びせくる敵兵の姿は、いまでも目に焼きついて離れない。――まるで魔物だった。

そんな洋式化された長州歩兵軍の恐ろしさを、村上藩士はもちろん、目の前にいる内蔵助はまったく知らない。

(勝つのは無理なのですよ、父上)

もう一度、三十郎は心の中で言った。

翌正月二日、国家老・久永惣右衛門の名で、重役たちが一同に二の丸にある城主居館の小書院に召集された。ほぼ三十名全員が顔をそろえると、年賀の挨拶もそこそこに、三十郎の口から一同に藤翁の意向が伝えられた。

反応は、三十郎の予想をはるかに超えたものであった。

辞官納地に激高しているところに、今度は薩摩藩邸の焼き打ちときたわけで、重役連中の多くが快哉をさけび、「ただちに我らも慶喜公のいる大坂へはせ参じるべきだ」と主張しはじめたのである。

「なあ三十郎、わかったろ」

横にいた筆頭家老の脇田蔵人が、他人事のように語りかけていた。

確かに静謐を保つどころの話ではなく、むしろ三十郎の情報が彼らの感情を高ぶらせ、まったくの逆効果になってしまった。

惣右衛門がいくら制してもいっこうに収拾がつかなくなり、この場で対策を立てるどころの話ではなくなり、結局、散会を宣言せざるを得なかった。


薩摩藩邸焼き打ちの噂は、その日のうちに重役たちから一般藩士へと広がりはじめた。

村上藩内藤家は、藩祖・信成公が勇将だったことで、もともと尚武《しょうぶ》の気風が強い。ましてや信成は徳川家康の実弟。徳川宗家に対しては特別な親近の情をいだいていた。だから大政奉還と辞官納地は、村上侍衆の自尊心を大きく傷つけたのである。

「許せぬ！」

そんな怒りが膨れあがっていたところに、三十郎の情報が火をつけた。さらに追い打ちをかけるように、その日の夕方、江戸から焼き打ちの第一報が村上城下にもたらされたのである。

——十二月二十五日、幕府陸軍と庄内藩軍が中心になって薩摩藩邸の焼き打ちが決行され、多数の不逞浪士と薩摩藩士を見事に捕殺した、という内容だった。

しかもこの勢いに乗って、幕府の陸軍総裁・松平乗謨《のりかた》（信濃田野口《たのくち》藩主）、大目付の滝川具挙《ともあき》、歩兵奉行の戸田勝強《かつきよ》などが、薩摩征伐のために品川から蒸気船・順動丸に兵を満載して西上したというではないか！

この情報を得て興奮した村上藩士たちが、ひっきりなしに家老たちの屋敷に駆け込んでくるようになった。きちんと事情を説明して藤翁《とうおう》の意向を伝えなければ、血気にはやった連中が何をしでかすかわからない。場合によっては勝手に大坂へはせ参じるやもしれぬ。

——暴発だけは、何としてもくい止めねばならない。

事ここに至り、五人の家老は相談のうえ、翌朝、家中に総登城を命じることにした。

当日、城主居館の大書院と大広間をぶち抜いて急造された会場には、四百名ほどの城下士がぞろぞろと集まってきた。藩士は徒士や足軽をふくめて総勢七百名ほどだが、江戸と村上、そして飛び地の三条に分かれて生活しているため、いま城下にいるのはこれでほぼ全員だった。

三十郎が中に入ってみると、会場はすでに騒然としていた。

なかには先祖伝来の甲冑を身につける者や声高に「ただちに海路、大坂へ向かうべし」と語り合う連中もいる。

久永惣右衛門が現れると、いったん静まりかえったものの、惣右衛門が藤翁の意向を告げて家中に自重をもとめると、たちまち異論が噴出し、その場で惣右衛門に詰め寄る者が出るなど、場内は混乱状態をきわめた。

「黙らっしゃい！」

一喝したのは、家老の江坂衛守である。

小兵《こひょう》ながら、驚くような大声だった。

議場は一瞬にして静まりかえり、全員の視線が衛守一点に集中した。

「天朝様に逆らうな。それが、主命であるぞ」

そう衛守はぴしゃりと言い放った。

しかしすかさず、砲術師範の宝田源五右衛門が、

「ミカドを盾に薩長が我が宗家を滅ぼそうとしているのに、動くなというわけですか！」

と反発すると、その発言に勇気づけられたように、血気にはやる連中が騒ぎはじめた。

「なれば、勝手するがよい」

その言葉に、藩士たちは口を閉ざしてふたたび衛守に顔を向けた。

衛守は大きく周囲を見まわすと、

「が、城下を脱する者は、主命に従わぬ造反者とみなし、この俺が斬る！」

（なんと……）

衛守の言葉に、温厚な惣右衛門がとなりで目を丸くした。

すると、神経を逆なでされた藩士数名が殺気立ち、スックと立ち上がり、互いに目配せして上席に座る衛守にずんずんと近づいてきたのだ。

しかし、衛守も後に引かない。

みずからも刀を手にして立ち上がり、なんと、左手で鯉口《こいぐち》を切ったのである。

ただしこの男、頭脳は明晰だが、剣の腕はからきしだった。

容易ならぬ緊張感が会場をつつみ、水を打ったように静まりかえった。

そのとき、である。

大広間のふすまがサッと開き、山口生四郎と篠田甫作が、激高する藩士たちの行く手にすばやく立ちはだかったのだ。

二人とも、家中では一、二をあらそう剣の達人であった。

とくに山口生四郎は、三年間江戸で時中流の剣術修業をつみ、長州征討における大坂警備のさいは、警備口を押し通ろうとした怪しげな浪人三名を、たちまちにして斬り伏せたという過去をもつ。

そんな生四郎と甫作が、いきなり目の前に現れたうえ、よく見ると、彼らもすでに鯉口を切っているではないか――。

「ヒッ!」

衛守に向かっていた藩士たちは思わずのけぞって後ずさりし、立ち止まってしばし衛守を睨みすえたあと、舌打ちをしてドカドカと足音を立てながら退室していった。

じつは、こんなこともあろうかと、三十郎があらかじめ剣術仲間の生四郎と甫作に用心を頼んでおいたのである。

いずれにせよ、衛守のおかげでこの場では家中の暴発をくいとめることができた。が、藩を脱して大坂へ駆けつけようとする連中が出てくるのは、もはや時間の問題だろう。

(それをどう制止するかだ)

家老たちは居館の執務室に集まっては頭を悩ませた。

村上城下ではここ両日、甲冑や刀の値がうなぎ登りに上がりはじめている。侍たちが近く戦があると覚悟し、あわてて買いあさっているのだろう。

けれど、家中会議の日からわずか五日後、家老たちの心配はあっけなく霧散《むさん》してしまった。

衝撃的な知らせが、京都屋敷にいる家老の島田直枝《なおえ》から、海路を通じてもたらされたからである。

――鳥羽口と伏見口で薩長軍と衝突した旧幕府軍が、大敗を喫したというのだ。

（ウソ、だろう！）

それが、家老ら重職を含めた村上藩士全員の感想だった。

どう考えても、そんな短期間に負けるはずがない。

上方からの情報によれば、京都にいる薩摩・長州兵は、たかだか五千足らず。対して大坂城にいる徳川方は、友軍の会津兵や桑名兵を加えたら、優に三倍を超えているというではないか――。

「な、なぜだ！」

第一報をうけた家老見習いの内藤鍠吉郎が、居館の御家老詰所で声を上げた。

その声は、隣の役人詰所に聞こえるほど大きかった。同じ部屋にいた三十郎も、そのあっけない敗報に、鍠吉郎と同じくらいの衝撃をうけた。

――だが、事実はもっと残酷であった。

立て続けに京都の島田からもたらされる情報は、刻一刻と悪くなっていく。

衝撃だったのは、この鳥羽・伏見の戦いで、朝廷が薩摩・長州軍へ錦《にしき》の御旗《みはた》を下賜《かし》したことである。朝廷は、薩長のほうを官軍と認めたのだ。すなわちこの時点で、徳川は賊軍に落ちたことになる。実際、御旗の効果は抜群であった。緒戦における徳川方の大敗とあいまって、以後、西国諸藩はこぞって薩長方につきはじめた。

村上ではあれほど大坂行きを叫んでいた連中も、この事態にどう動いてよいかがわからなくなり、そのまま思考停止状態におちいったようで、城下はここ数日、不気味なほどの静けさを保っていた。


——一月十三日、さらに絶望的な情報が村上城下にとどいた。

徳川慶喜が会津藩主の松平容保《かたもり》ら数名とともに、大坂城から敵前逃亡をはかったというものであった。ために、主《あるじ》に見捨てられた徳川方の兵士たちは戦意をうしない、大坂城から続々と離脱しはじめているという。続いて、「朝廷が慶喜を朝敵に認定し、征伐する方針だ」という一報がもたらされた。

この日、江戸からも藩主内藤信民の名をもって、家中に軽挙妄動をいましめ、「朝廷の意向に決して逆らわぬように」との沙汰書がとどいた。

こうした政情の激変により、騒ぎ立てていた家中の者たちは、ますます魂を抜かれたようになって、すっかり沈んでしまった。

村上藩上層部にとってはありがたい話ではあったが、今度は、新たな問題が持ち上がってきた。

一月十五日、早くも新政府（薩長）から村上藩庁に対して、朝廷への向背《こうはい》を問う勅書がとどいたのである。

書面には「二月上旬まで請書を提出するように」と明記されていた。

「もしおとなしく請書《うけしょ》を出さなければ、朝敵として成敗する」

という脅しも、その文言からは読みとることができた。

まさに目のまわるような事態の転変に、村上藩士たちは進むべき方向を完全に見失ってしまった。

それは、家老衆とても同じだった。この難局をどう乗りきるべきかの術《すべ》がわからない。

「主《あるじ》が不在のままでは、事は進まぬ。ぜひとも、信民公と御隠居様に村上へお帰りいただこう」

そう言い出したのは、長老の久永惣右衛門であった。筆頭家老の脇田蔵人も、その意見に同意した。

これまで国元の政治は複数の家老が取り仕切っており、通常であれば、藩主などがいなくても何の支障もなかった。

しかし、いまはお家の存亡にかかわる一大事である――。

さすがに、当主不在で藩の舵取りをするのは困難といえた。一つ判断を間違えたら、内藤家の滅亡につながるからだ。家老たちには、荷が重すぎた。

そこで村上藩庁から、藩主の帰国を願う文書を江戸屋敷へおくったのだが、なんと、藤翁は、自身と信民の帰国をきっぱりと拒んだのである。

理由は「江戸城の留守居役をまかされたから」というものであった。

じつは藤翁は、謹慎のために上野寛永寺へ移るという徳川慶喜に代わって、徳川家達《いえさと》や松平斉民《なりたみ》とともに、江戸城の留守をまかされることに決まったのである。

「とは申せ、内藤家の非常事態であろう。なにゆえ、かくのごとき損なお役目をお引き受けなされたのか……」

家老たちは、あきれ果てた。

「しかも、新政府は慶喜公を朝敵と断定し、大軍を江戸総攻撃のために差し向けるという噂ではないか」

惣右衛門が福々しい額に皺《しわ》をよせ、小さな声で三十郎に言った。

義父の顔から笑みが消えるのは珍しい。

伝聞によれば、すでに官軍の襲来を懸念し、江戸にいる大名とその家族たちは、続々と国元へもどりはじめているという。にもかかわらず藤翁は、江戸城の留守居を理由に、かたくなに帰郷を拒み続けているのだ。

「いったい何を考えているのだ、御隠居様は……」

もう一度、惣右衛門がつぶやいた。

そういぶかしく思うのは当然だろう。

その後、何度も帰国懇願の書状を村上から発したものの、なしのつぶてだった。家老たちは主君の不在にいらだち、とうとう帰国談判のため、家老を一人江戸へ送ることに決めた。

——選ばれたのは、鳥居三十郎だった。

三十郎は藤翁の覚えめでたく、さらに、現藩主の信民からも絶大な信頼を得ていた。十九歳の藩主信民は内藤家に養子に入って以後、九歳年上の三十郎を兄のごとく慕い、正式に三十郎が家老を拝命するさい、みずからその任命書をしたためたほどだった。右筆《ゆうひつ》ではなく藩主がじきじきに書きあたえるなど、よほどのご寵愛であり、国元では、そのことが噂になるほどだった。

「かならずや、信民公と御隠居様を村上へお連れするのだぞ」

村上を発つ三十郎に、義父の久永惣右衛門が念を押した。というより、哀願にちかい言い方だった。

こうして三十郎は、二月五日、今度は江戸へ向けて村上城下を発った。

「これが、本当にあの将軍のお膝元なのか！」

思わず三十郎は口に出してしまった。

4

二月十七日に再び江戸府内に入った三十郎は、二ヵ月前とは様子が一変している江戸の町に、驚きを禁じ得なかった。

二日前、有栖川宮熾仁《ありすがわのみやたるひと》親王を東征大総督とする官軍が京都から出立し、刻々と江戸へ近づきつつあった。官軍が攻めてくるという噂はすでに広まっており、大戦争に巻きこまれるのではないかと恐れ、町人たちの多くがつてをたどって市中から脱出してしまっていた。

江戸詰めの諸藩士の多くも、危険をさけて屋敷を郊外へ移したり、会津藩のように大名とともに国元へもどりはじめている。

徳川慶喜は五日前（二月十二日）に寛永寺大慈院の一室で蟄居《ちっきょ》生活に入っており、旧幕臣たちも屋敷にこもり、外出をひかえていた。

このため、いつもは賑わっている江戸の市中が、往来を歩く人影もまばらな状態になっていたのである。

あまりの寂《さび》れように、愕然とした三十郎だったが、江戸に着いて最初に向かったのは、藩主のいる内藤家上屋敷ではなく、下屋敷のほうであった。

——江坂與兵衛《えさかよへえ》に会うのが目的だった。

與兵衛は、三十郎の師ともいえる人物である。

家老見習いとして十九歳で江戸にのぼって以来、江戸詰めのときは與兵衛から政務の手ほどきをうけていた。

その名字からわかるとおり、與兵衛は、家老の江坂衛守とは同族である。

與兵衛が衛守の叔父にあたるが、本家筋は衛守のほうだった。しかし藤翁の藩主時代、わずか二百三十石の與兵衛は、近習《きんじゅう》からいきなり用人《ようにん》に抜擢され、まもなく藩政を一任された。

改革のために登用されたのである。

これは江戸時代、大名家がよく用いる手段だった。改革が手ひどい失敗に終わったとき、担当者は責任をとって腹を切り、家も取りつぶす場合があった。

世襲家老の家柄を断絶させるわけにはいかない。だから中下士の切れ者に、一時的に非常の大権を与えるのである。これなら、切腹させても藩としては痛手にならない。

いずれにせよ、藩の実権を握った與兵衛は、まずは財政の立て直しに着手した。

長年におよぶ赤字体質のため、村上藩には巨額の負債があった。そこで與兵衛は、嘉永六年（一八五三）、十六年間で借財を皆済するという「御借財仕法」を立案、その計画にしたがって猛烈な財政再建と諸改革を展開していった。

ところが翌年、幕府はペリーの要求によって開国を余儀なくされ、それからは夷狄の侵入を防ぐため、村上藩としても領内の海防対策に巨費を投じなくてはならなくなった。

さらに、幕府から日光東照宮の修復を命じられたうえ、名誉なことではあったが、藤翁が老中に就任していたため、江戸における出費が天文学的に増えてしまったのである。結果、借財を皆済するどころの話ではなくなり、火だるまになった藩財政を、どう切り盛りして内藤家の命脈を保っていくか、それが與兵衛の最大の命題になってしまった。

おそらく常人では、とうてい不可能な難業だったはず。それを與兵衛は見事にやってのけ、藩の破綻を阻止しつづけた。だからこそ、家老たちも傍若無人な與兵衛の言動には目をつぶり、長年、藩の権力を彼にゆだねてきたのであろう。

たとえば文久元年（一八六一）、與兵衛は幕府首脳部をうまく籠絡《ろうらく》し、藩領のうち一万石に相当する農村（土地）を、もっと肥沃な天領（幕府の直轄領）と交換させている。これは、村上藩にとってこのうえない大きな利得をもたらした。

さらに、領内の商人から、これまで以上に莫大な金を吸い上げた。

村上藩五万石は、村上城に連続した一つの地域で構成されているわけではない。

いくつもの飛び地の集合体から藩領が構成されており、城つきの領地というのは一万石にも満たなかった。

村上藩の収入の過半を占めているのは、越後三条領であった。三条は、発達した商業地帯で豊かな商人が多く住み、村上藩にとっては金の生《な》る木といってよかった。與兵衞はそんな三条の商人たちを脅しすかししつつ、多額な献金を連年のように強《し》いたのである。それは村上城下の豪商に対しても同様だった。首を縦にふらなければ、重役を遣わして膝詰め談判をさせたり、分割払いを認めるなどして、恥も外聞もなく金銭をかき集めた。

農村に対しても一切容赦というものがなかった。

豊かな庄屋(名主)たちからも借用という名目でたびたび金銭を差し出させ、礼として内藤家の家紋(下《さが》り藤)の付いた盃を下賜するだけで、安政元年(一八五四)から借用金の返済を勝手に凍結し、実際は踏み倒していった。

一般農民からもしぼれるだけ税をしぼりとり、未納を決してゆるさなかった。果ては城下の貧しい町人からも賦課金というかたちで、広く薄く金を集めはじめた。このため文久元年(一八六一)には生活苦のために千数百人が飢えはじめ、ために村上藩は救助米を与えたが、その米の大半は、城下の豪商たちから放出させたものであった。

もちろん、藩士にも情けはかけなかった。藩の借り上げというかたちで、実質的に禄の半額以上を減給していったのである。だから藩士の大半が内職せざるを得ず、お役目をおろそかにして副業に精を出す始末だった。

こうした状況に対し、悪びれもせずに與兵衛は、

「死人《しびと》からだって、おいらは金をかき集めるさ」

そう豪語したことから、

「守銭奴め！」

とあらゆる人びとからうらまれる対象となった。

與兵衛は、村上藩の金主《きんしゅ》（金の貸し主）たちからも、ことのほか評判が悪かった。

これだけ過酷な取り立てをしても、年貢や領民からの献金だけでは村上藩の財政は立ちいかず、全国の商人からも金を借りまくっていた。が、いざ返す段になると、與兵衛はみずから金主のもとに出かけていって、巧みな交渉によって利率を下げさせたり、支払いを引きのばしたりしたからだ。

だからもうこの男がやって来たと聞くと、金主たちは会おうともしなくなった。

しかし、與兵衛のほうが一枚上手だった。

たとえば、こんな話がある。

村上藩では、徳川家の菩提寺である芝の増上寺の坊主からも金を借りており、期限が来ても、與兵衛はこれを黙殺しつづけていた。

当然、その坊主はしびれを切らしてたびたび使いを遣わし、強く返済を迫まるように

なった。果ては、内藤家上屋敷の前に小坊主を突っ立たせ、「お貸しした金を、いますぐお返しいただきたい！」と大声で叫ばせるようになったのである。

相手もさる者である。

さすがに閉口した與兵衛は、福崎丈之助という男を返済の担当者だといって、増上寺の坊主のもとに出向かせた。

これを聴いてそそくさと出てきた坊主は、丈之助の姿を見て驚いた。六尺を超える巨体だったからだ。

その身体に圧倒されつつも、坊主はさっそく丈之助に借金の返済期限を切るよう迫った。しかし丈之助は、「いま少し、猶予してもらいたい」と告げたきり、それからは一言も口をきかなくなったのである。

「それでは困るのだ」と坊主は怒り、しつこく数時間以上、返済を迫り、それでも猶予を願う丈之助に対し、さまざまなことを言い立て、果ては武士である丈之助を怒鳴りつけ、威嚇し、さらには村上藩をさんざんに愚弄した。

ところが、である。

それでも丈之助はニコニコと笑みを浮かべ、大きな身体をできるだけ縮めながら、

「いま少し、猶予してもらいたい」

と同じ言葉を繰り返し続けたのである。

（少し頭が足りないのではないか）

さすがにあきれた坊主は、堂内から丈之助を追い出した。

なのに丈之助は、こりもせずに翌日も増上寺にやって来たのである。

五度目に丈之助がニコニコと顔を見せたとき、とうとう増上寺の坊主のほうが根負けをした。

「いつか必ず返してもらうからな」

といいながら、返済の猶予を認めたのである。

「でかしたぞ、丈之助」

そういって、與兵衞は礼金として約束の二両を与えた。

丈之助はとびきりの笑顔を見せて金を受け取り、懐に入れると、のしのしと去っていった。

じつはこの丈之助、與兵衞の囲碁仲間だった。ただ、とにもかくにも寡黙なうえ、物事にまったく動じない質《たち》であった。

與兵衞は、勝負の最中に旗色が悪くなると、いつも相手を心理的に動揺させて勝つのが常だったが、丈ノ助には何を言っても通用しなかった。身体同様、心も大きいのだろう。

そこで、この役目を与えることを思いついたのだ。

與兵衞と金にまつわる話は、まだある。

長州征討の命をうけ、村上藩が大坂へ出陣したときも、思わぬ出費がかかり、三条領から三万六千両を集めたが、それでも足りず、現地で急に三万両という大金が入用になった。與兵衞は、道頓堀《どうとんぼり》の井上という酒問屋から金を借りようと考えた。

だが、戦時ゆえ、藩政の責任者たる自分が、藩主の側を離れるわけにはいかない。

そこで村上藩の交渉人として選んだのが、宮部国太郎であった。

この男、単なる内藤家の足軽に過ぎなかった。が、風貌がたいへん立派であり、なおかつ、ペラペラと口から先に生まれたような男だった。

そこで與兵衞はこの国太郎に、内藤家の家紋のついた紋つき袴を着せて重臣のように仕立て上げ、お伴までたくさんくっつけて、かの井上という酒問屋へ向かわせたのである。

これを知った大目付（藩の監察役）の柴田茂左衛門は仰天し、

「我が家には人もあろうに、なぜあのような軽輩を交渉人とされたのか」

そう與兵衞を難詰した。

すると與兵衞は、

「ならば、お前がやれよ」

といい放ったので、茂左衛門はぐうの音も出なくなった。

しかも国太郎は見事にお役目を果たし、井上からきっちり金を借りてきたため、與兵衞の狂言芝居が藩内で問題視されることはなかった。

5

江坂與兵衞は江戸詰め藩士の家柄で、江戸生まれの江戸育ち。しかも幼いころから藤翁の近習として江戸屋敷で過ごしていた。藤翁は藩主になると、寺社奉行、大坂城代、京都所司代、さらには老中を十年以上つとめた。まさに幕政の中枢にありつづけたわけだ。幕府の重職にある大名は、原則として在任中は国元へもどることができない。ために藤翁も、参勤交代で村上へ帰ることはめったになかった。

必然的に、その右腕として藩政を切り盛りしていた與兵衞も、国元村上とは疎遠な状態になった。

そんなこともあって、どうも與兵衞は、国元の藩士たちと反《そ》りが合わなかったのである。

一方、強権をふるって改革を断行し、歯に衣《きぬ》着せぬ物言いをする江戸っ子の與兵衞を、国元の侍たちも毛嫌いしていた。

なかでも不評を買ったのは、與兵衞が強引にすすめた正規軍の洋式軍制への転換であった。

「夷狄からの侵略を防ぐためには、我が藩もやつらにならう必要がある」

そう公言して與兵衞は、かなり早い段階から村上藩の軍制をフランス式に切り替え、江戸だけでなく、国元にも演習場をもうけ、藩士たちに西洋式の軍事訓練を強要したのである。

ただ、じつを言えば、これを裏で指示していたのは、藩主の藤翁であった。

この人は、與兵衞以上に世の中の向から先が見えていた。だからこそ、幕府の老中にまで上り詰めることができたのであろう。

むしろこの主命に対し、與兵衞のほうが家中の激しい反発を予想して尻込みをした。

けれど、それが藤翁の強い意向だと理解すると、

「村上侍はまことに頑陋《がんろう》。とうてい軍制の改革などは承知しないでしょう。しかし、それが君命とあらば、一命を賭《と》してお引き受けいたします」

と命をうけたのだった。

一命を賭すなどとは、たかが軍制の変更、ずいぶんと大げさではないか——そう思うだろう。

しかし、刀槍を洋式銃に持ち替えるというのは、刀をおのれの分身のごとく扱ってきた武士にとって、極めて強い抵抗感をともなうものなのである。

ましてや、鉄砲など足軽がにぎる武器。そう考えていた重臣層にとっては、なおさらのことだった。

が、

「與兵衞、為人《ひととなり》沈毅《ちんき》方正《ほうせい》にして才略あり。其事《そのこと》を為《な》すや、遂《と》げざれば已《や》まざるの慨《がい》あり」

(『北越名流遺芳』)

そう評されたように、やると決めた以上、かならず成しとげるのがこの男の性分だった。だからいったん軍制改革の断行を決めると、すぐに村上の臥牛山と飯野に軍事調練場をもうけ、国元の藩士たちに無理やり洋装させ、厳しい軍事訓練を課したのだった。

歩行調練では、伝統的な法螺《ほら》や太鼓の使用は一切禁じ、西洋のラッパを用いるようにした。だが、てんでんばらばらな行進となり、まるで狂言をみているようだった。新設の射撃場でも、最初は慣れない武士が洋銃をにぎって、こわごわ引き金を引くものだから、とんでもない方向に弾が飛びかい、指揮官の頭上をかすめることもたびたびだった。

しかし與兵衞は、淀藩の新井保が著した「大隊号令詞」、「小隊号令詞」、「一隊合体訓練之法」を小さく印刷し、各兵の洋服のポケットに携帯させるなどして、訓練を重ねさせた。

不思議なもので、一年もすると、それなりに様になる。

だが、こうした強引な軍制の変更は、古式を愛する保守的な層や夷狄の風習をきらう攘夷派の激しい怒りをさそった。

「豚犬め!」

そのように、與兵衞のことを陰でののしる藩士も少なくなかった。

豚や犬を喰らう「毛唐」（西洋人）と同じだ、という蔑視の意味が込められているのだろう。

だが、洋式歩兵化に異論をとなえる者を、與兵衞は断固許さなかった。

それは、慶応二年の長州征討での逸話によくあらわれている。

このおり、重臣たちの多くが甲冑を収納した具足櫃《ぐそくびつ》を小者に持たせて国元の村上から江戸に上ってきたのである。

すると與兵衞は、

「甲冑を大坂へ持参することは、一切まかりならん」

と通達を発したのである。

当然、重臣たちはこぞって反発した。

しかし與兵衞は、

「いまの世にこんなガラクタは、まったく役にたたぬ」

そう重職者たちを前に言い切ったのである。

愚弄されたと思った彼らは、血相を変えた。

が、臨席していた藤翁が、

「日頃、洋式を訓練せしは、何のためぞ」

と一言発したので、皆かろうじて怒りをこらえたのだった。

藩における最大の実力者が與兵衞を庇護しているかぎり、くやしいかな、その命に従うしかない。

だが、さすがに甥の江坂衛守も、叔父與兵衞の発言には驚いた。

そこで衛守はその日、三十郎を誘って與兵衞の部屋を訪れ、その真意を質《ただ》したのである。

衛守も聡明な男ゆえ、洋式軍制への転換についてはよく理解していた。しかし、

「戦うのはあくまでも歩兵であり、指揮をとる重臣に対し、甲冑を持参してはならぬというのは、道理とは思えませぬが――」

そう叔父に訴えたのである。

これを聴いた與兵衞は、薄笑いを浮かべながら、本家筋の甥っ子に対して、

「どうせ長州の毛利とは戦わないから、必要ないんだよ」

と言い捨てたのである。

「ど、どういうことですか」

側で二人のやりとりを聴いていた三十郎のほうが、驚いてたずねた。

「幕閣に頼んでな、我が藩のお役目を大坂周辺の警備にまわしてもらったのさ」

「なんだって！」

大声を出した衛守は、あんぐりと口を開けたまま、叔父を凝視した。

「おおさ、今度の戦、おまえ、本当に勝てると思っているのかぇ」

唖然としている衛守に、與兵衛は大きな目玉をぎょろりと向けた。

そして、くゆらせていたキセルを軽く吸い、上を向いて大きな煙の輪っかをはきながら、

「相手はよ、死にもの狂いなんだぜ。十万の大軍が四方から攻めこんでくるんだ。そりゃそうだわな。囲まれちゃ逃げ場はねえからさ、命がけで反撃してくるだろうよ。それによ、百姓まで合力して銃を握っているっていうじゃねえか。そんな窮鼠に手を出してみろ。痛い目にあうのがオチだぜ」

「あなたって人は！」

声がふるえ、衛守の顔はみるみる真っ赤になった。そして、さらに何か言わんとしたが、ツバとともにその言葉をグッと飲みこみ、無言で部屋から立ち去っていった。

「與兵衛殿」

三十郎がたしなめると、

「まあ、わかってもらおうとは思わないがね」

そう言って與兵衛は、トンとたばこ盆にキセルを軽くたたきつけ、中の灰を巧みに出すと、ごろりと畳に横になり、やがて動かなくなった。

衛守はその足で藤翁のところに行って、與兵衛の非を訴えた。

藤翁は大きくうなずいて理解を示してくれたが、結局、何も変わらず與兵衛の主張が通

ることになった。

しかし後日、長州征討における村上藩の見事な洋式歩兵軍は、諸藩から大きな称賛をうけることになった。

ただ、長州征討の結果は與兵衞が予測したとおり、幕府軍の一方的な敗北に終わり、将軍家茂の死を理由に、すごすごと撤退することとなった。

家老の江坂衛守は、この遠征からもどってすぐ、藩主内藤信民の呼び出しをうけ、急ぎ出頭したところ、三百石を減じられたうえ、江坂百右衛門、伊勢朔平、久永半蔵、柴田茂左衛門、近藤幸次郎ら重職たちとともにお役御免となり、村上への帰国を命じられたのである。

金銭の出納に不明瞭な点があった、というまことにあいまいな理由による解職であった。もちろん、與兵衞による反対派の一掃であることは間違いない。

——とにかく自分にあらがう者は排除する。

それが、與兵衞のやり方だった。たとえ血のつながる甥であっても、抵抗勢力には容赦がなかった。

「ずいぶん、うらまれていますよ」

かつて三十郎が皮肉交じりに言ったとき、

「他日《たじつ》おいらも、掃部《かもん》様のような目に遭《あ》うのだろうさ」

と、與兵衛はこともなげにつぶやいた。

掃部様というのは、桜田門外で暗殺された大老・井伊直弼《なおすけ》のことである。

このとき三十郎は、與兵衛の覚悟を初めて知った。


そんなことがあってから一年半後の慶応四年二月、今度は與兵衛のほうが、村上藩から解職処分をうけたのである。

與兵衛を忌み嫌っていた中島大蔵は、兄にあてた手紙で、自分たちは與兵衛の洋式調練を中止させ、失脚に追いこんだと報告し、「四ッ足共は尾を垂して、雨の鶏と申すべきやと存じ候」と記している。「四ッ足共」とは、獣肉を食べる西洋人をまねる與兵衛一派のこと。それがシッポを垂らし、雨のニワトリのように情けない状況になったと喜んでいるわけだ。

ただ、與兵衛の失脚は、反対派藩士たちの要求をうけ入れた結果ではなかった。幕府の中枢にあった内藤家が、新政府に対しそれまでの藩政担当者を処分し、徳川との関係を絶ったことを表明する意味を持っていたのである。

つまり、真の意味での失脚ではなかった。とはいえ、さすがに当面は、與兵衛も下屋敷でおとなしく謹慎生活をしなくてはならなくなった。

6

謹慎生活に入ったばかりの與兵衛のもとを、三十郎が突然訪れた。

「おいらは慎《つつし》みの身なんだぜ」

部屋に入ってくるなり、與兵衛は丸めた頭をなでつつ、三十郎にぎょろりとした大きな目玉をなげかけた。

その目は、笑みをたたえていた。

この男が、他人にやさしい笑顔を見せることはめったにない。

それだけ、二十歳近くも年下の三十郎に目をかけているのだろう。

「似合いますよ、その坊主頭……」

人を人と思わぬ傲慢なこの男が、謹慎しているポーズを見せていることに、三十郎は内心おかしくなった。

「それは、塩引き鮭だろう」

油紙に包んだ土産物に、與兵衛はすぐに反応した。

江戸っ子の與兵衛だが、この肴にだけは目がなかった。

村上地方は、はるか古代から秋になると三面川《みおもてがわ》（瀬波川）に無数の鮭が遡上《そじょう》した。平安時代に朝廷へ献上した記録が残るほどの鮭の特産地であった。

村上では鮭のことを昔から「イヨボヤ」と呼んでおり、村上を統治してきた歴代の大名家にとっても、イヨボヤ漁は大きな財源の一つだった。毎年秋になると、漁場の入札がおこなわれ、その収入で藩庫がうるおった。

ところが江戸中期になると、乱獲のためか漁獲量が減少してしまう。

それを救ったのが、藩士の青砥武平治《あおとぶへいじ》であった。武平治は、鮭が生まれた川にもどって産卵する習性に着目し、三面川に分流（種川）をつくり、鮭の人工ふ化増殖を成功させたのである。

これは世界で初めての例だとされる。このように、産卵場所を確保し稚魚の保護に取り組んだことから、安定的な量が捕獲できるようになり、村上藩ではイヨボヤ漁からの税収が二千両を超える年も珍しくなくなった。

獲れた鮭は、村上では塩引きにする。

ただ、よく見かける塩漬けの新巻鮭とはちがう。

内臓を取りのぞいて塩漬けにした鮭を水中に入れて塩を抜き、さらに軒下につるして乾燥・熟成させるのだ。それが、村上名産、塩引き鮭である。だから秋から冬にかけて村上城下を歩くと、多くの家の軒下にずらりと鮭が尻尾からつるしてある。まさに村上の風物詩といえた。

三十郎が持参した塩引き鮭は、すぐに調理されて酒浸しとなって出てきた。鮭を薄くスライスして酒に浸しただけの肴だが、格別なコクがあって、

「堪《こた》えられぬほどうまい！」

與兵衞は、素手で酒浸しを一欠口《ひとかけ》に放りこんだあと、楽焼茶碗にそそいだ郷土の酒をグビリと飲んで、深く息を吐いてから言った。

下戸《げこ》の三十郎には、その気持ちがわからない。

それに、今日は歓談のためにここを訪れたわけではない。

そこで、與兵衞が茶碗を空にする頃合いを見計らって、三十郎はおのれの使命を伝えて助力をもとめた。

話を聞いた與兵衞は、

「御隠居様は、村上へは行かぬよ。信民公が国元にもどることにも難色を示すだろうな。沈む船には乗りたくないのさ」

きっぱりと言った。

それは、三十郎も重々承知していた。だからこそ、目の前にいる江坂與兵衞に頼んでいるのである。

――このころ江戸市中では、「徳川慶喜公だけでなく、尊攘派を弾圧した会津中将様も朝敵となり、さらに薩摩藩邸を焼き打ちにした庄内藩も官軍に成敗される」とのもっぱらの噂だった。

会庄両藩とも、村上藩の近隣にある大藩だった。

與兵衞は、正直に心中をさらけだした。

「正直、この先どう転ぶかわからん。ただ、新政府に朝敵扱いされ、これからも挑発が続くとすれば、おそらく会津藩や庄内藩は威信をかけて戦う道を選ぶだろうな。なれば当然、両藩は東北や北越諸藩に精力的に働きかけ、強引に仲間に引き入れようとするはず。万が一、これに仙台藩伊達家や米沢藩上杉家など、外様の大藩が同調してみろ、間に挟まれた我が内藤家も官軍と戦うはめになるだろう」

「東北と北越が束になっても、長州一藩にもかなわないでしょうね」

三十郎も、自身の経験から新政府の主力である長州藩の強さはよく理解していた。

そのうえ、鳥羽・伏見の戦い以後は、土佐藩や日和見を決め込んでいた肥前藩も、官軍に加わっていた。噂によれば、肥前藩などはイギリスのアームストロング砲の模造に成功し、強大な洋式歩兵軍への転換を終えているという――。

「そんな精強な官軍に、槍刀にこだわる村上の田舎侍が勝てるはずもねえ。負け戦に将として祀り上げられ、みすみす家を滅ぼすのは愚か者のすることだ。そう御隠居様は思っていらっしゃるのさ。頭が良すぎて先まで見通せちまうから、この騒動の着地点が見えるまでは、決して国元へは帰らないね」

「いや、だからこそ、お帰りいただきたいのです。血気盛んな連中もいまや消沈し、家老たちも迷走しております。いまこそ御隠居様や信民公に家中をおまとめいただき、村上藩を恭順で統一させたいのです」

「そんなことをしたら、それこそ会津や庄内から袋だたきにあうだろうよ。三十郎、あきらめたほうがよい。どだい無理なんだって」

するると、三十郎は真顔になり、

「これは、国元の重職たちの総意なのです！　もしお役目が果たせぬとあらば……」

「おい、おい、物騒だな――」

與兵衛はわざと三十郎の言葉をさえぎり、髷《まげ》を落とした坊主頭をぐるりとなで、

「仕方ねえ」

そう言って苦笑いした。

7

翌日の夜、三十郎は與兵衞に伴われて藩主信民と藤翁のもとへ伺候《しこう》した。

二ヵ月ぶりの対面であった。

江戸総攻撃による被害を恐れ、大名の多くは上屋敷を引き払い、家財道具を市外へ移した。藩主信民と藤翁も、荻久保に居所をかえていた。

「なぜもどってきた」

上座にすわるなり、いきなり藤翁は三十郎を甲高い声でしかりつけた。

身体はまるで枯れ木のようだが、老人とは思えぬほど気力が充実しており、声にも張りがあった。

そもそも三十郎は、藤翁の密命を帯びて村上へもどったはずであった。本来であれば、国元の藩士たちに新政府への恭順を甘受させ、家老として家中の平穏を保っていなくてはならない。それを許可なく江戸に舞いもどってきたわけだから、藤翁が立腹するのも無理はなかった。

三十郎は平伏しながら、そのいたらなさを深く詫《わ》び、そのうえで、国元の混乱した状況を詳細に語り、藤翁と信民に帰国を強く哀願したのだった。

「わしはもどらぬ」

予想したとおり、藤翁は江戸城留守居役を理由に、けっして首を縦にふろうとしなかった。

なおも三十郎が懇願すると、藤翁はいっそう渋い顔つきになり、猛禽類のような鋭い目を向け、

「お国は混乱を極めておろう。が、信民やこのわしが帰ったとて、時勢は変わらぬ。むしろ官軍と戦うはめになったとき、わしらが村上にあれば、その責を問われてお家は取りつぶしになる」

かん高い声で本音をはいたあと、こんこんと、新政府に抵抗する愚を説いたのである。けれど、そんなことは重々わかったうえで、やむなく三十郎は国元から助けを求めに出てきているのだ。

「家来をお見捨てになるのでございますか」

無礼を承知で、藤翁におのれの気持ちをぶつけてみた。

その言葉を耳にすると、半眼のまま畳に視線を落としていた藤翁が顔を上げた。その眼光が鋭く三十郎の瞳を射た。

「――お家が存続するならば、それも辞さぬ」

小さくはあったが、はっきりと言った。

三十郎はにぎった拳《こぶし》に力を入れ、

「それは、あまりなお言葉……。国元の侍たちは窮地におるのです。越後には会津藩の飛び地がいくつもあります。会津若松も地理的に近い。官軍との戦争がおこれば、我が藩が巻き込まれるのは必然。そのとき、どの道を選ぶにせよ、主君のもとで命を捨てられぬのは、臣としての悲劇にございませぬか」

そう意見したあと、小刻みに顔をふるわせた。

面と向かって藤翁に楯突く恐ろしさと、故郷の仲間を思い、感情が高ぶったのである。

「ばかばかしい」

話を静かに聞いていた與兵衞が、素っ頓狂な声を発した。

「思いつめるなよ、たかが数ヵ月の辛抱じゃないか。会津だって無抵抗で降伏するかもしれないぜ。それにだ。もし彼らが戦う決意をして、我らに誘いをかけてきても、うまくやり過ごせばいいのだ」

「しかし、庄内藩も会津に荷担するというもっぱらの噂。米沢藩の動きも怪しいのです」

「ならば、やつらに荷担したふりをし、それでいて兵を出さず、催促されても脅されてもはぐらかし、思わせぶりをし、ごまかし、形勢が変わった瞬間、新政府についちまえばいいんだよ」

「そんなことが、本当にできるとお思いですか！」

切迫した国元の状況を知らない呑気《のんき》な與兵衞のたわ言に、三十郎は思わず声を荒らげてしまった。

「が、しなければ、我が内藤家は滅亡するだろうな」

そう言った後、イガグリ頭をさすりながら與兵衞は、

「あるいは、河井のやり方も手かもしれぬ……」

とつぶやいた。

河井とは、長岡藩の中老・河井継之助《つぐのすけ》のことであった。

藩の中老といえども、実質的には長岡の藩政をにぎっている男だ。

與兵衞と継之助は以前、共同で堤防工事をおこなったことがあり、それからは肝胆相照《かんたんあいて》らす仲になっていた。開国による富国強兵策など、互いの主義主張もにかよっていたからだろう。

じつは二日前、そんな継之助がふらりと與兵衞のもとを訪れ、奇想天外な策を語り、村上藩を仲間に誘ってきたのだ。

「御隠居様！」

與兵衞は、三十郎から藤翁のほうへと視線を移し、

「長岡藩は、どちらにも与《く》みしないつもりですよ」

と意外なことを口にした。

長岡藩牧野家七万石は、村上藩内藤家五万石と同じく、越後の譜代大名である。藩の規模といい、家柄といい、まさに両藩は酷似《こくじ》していると言ってよい。

「武装中立――と申しておりました」

與兵衛は、思いもよらぬ言葉をもらした。

「新政府にも、会津にも与みしない第三の道、それを選ぶというのか」

藤翁が言った。その声色《こわいろ》から、

（そんな都合のよいことが……）

そう訝《いぶか》っているのが、ありありと感じとれた。

「しかし、河井はどうやら本気のようですよ。江戸藩邸の家財をことごとく売っぱらい、外国人からガットリング砲やら、ミニエー銃やら、最新兵器の買いつけに奔走しております。そして、我が内藤家にも、それとなく提携を持ちかけてまいりました」

「夢物語だな」

藤翁はそう吐き捨て、

「……よもや貴様、それが可能だなどと、ゆめ考えてはおるまいな」

と念を押した。

與兵衛は、薄笑いを浮かべて視線をそらした。

だが、三十郎にとっては、與兵衞の発言は衝撃だった。

――どちらにも与みしない第三の道！

まさに、目を開かれる思いだった。

神君家康の弟を藩祖とする村上藩内藤家、ゆえに藩士たちの自尊心は強烈であった。だからこそ、

――尾尻をふらず、武装して独立を保つ道。

（もしかしたらこれは、いけるのではないか）

このとき與兵衞は、三十郎の瞳の奥に精気がよみがえるのを見逃さなかった。

すると突然、

「私が行こう」

それまでずっと押し黙っていた藩主の信民が、静かに口を開いたのである。三十郎と與兵衞は、ハッとして信民を見た。

が、即座に藤翁が、

「馬鹿、黙っておれ！　お前が行っても何も変わらん。江戸にいて時勢を見守るのだ」

と、一喝した。

こめかみに血管が浮きでるほど、感情が高ぶっているのがわかる。

いつもなら、信民はそこで引き下がったはずだ。

けれど、今宵《こよい》は違った。

「父上、藩主はこの私なのです」

静かに返した信民の口調に、強い決意が感じられた。

藤翁は、となりに座る青年の態度に、大きく目を見開いた。

思ってもみない返事がもどってきたからであった。

8

八代藩主・内藤信民は、七代藤翁（信親）の養子である。

藤翁は、なかなか実子に恵まれなかった。それでもずっと男児の誕生を待ち望んでいたが、さすがに四十八歳のとき、養子を迎えることにした。

重臣たちにせかされたからだ。五十歳まで跡継ぎを決めずに藩主が急死した場合、お家はお取りつぶしになる決まりだった。

藤翁にとって、養子縁組はまことに不本意であったが、家を存続させるためには、致し方のないことであった。

こうして、十一歳の信民が選ばれたのである。

信民は、村上藩内藤氏の縁戚にあたる岩村田藩主・内藤正縄《まさつな》の五男だった。家老見習いとして前年から江戸で修業中だった三十郎は、信民が養子入りすると、その世話役をまかされた。

はじめて信民に謁見したとき、

「雛《ひな》人形のような」

そんな感想を持ったことを、いまでも三十郎は鮮明に覚えていた。

華奢《きゃしゃ》で抜けるような肌の白さが、まるで雛人形のお内裏様《だいりさま》のように思えたのである。


藤翁にとっては、養子といえども、初の子供であった。

自分の手で、この少年を理想の君主に育てたい――そんな強い想いから、なんと藤翁は、みずから信民に学問や武術を仕込みはじめたのである。

しかもそれは、徹底していた。はげしく叱責することも、しばしばだった。

けなげにも信民は、養父の教えをすべて修得しようと懸命に努力した。

が、残念ながら有能さでは、はるかに藤翁にはおよばなかった。やがて藤翁も、それを悟ってしまった。すると、信民に対する教育への熱意がみるみる失せ、ついにはみずからの指導もやめてしまったのである。

「私は父に見捨てられたのだ……」

信民に残ったのは、強い挫折感と劣等感だった。

それからの信民は、偉大すぎる藤翁の目をまともに見ることができなくなった。そんな信民の教育を新たにまかされたのが若き三十郎だった。

次期藩主とは知りながら、三十郎は弟のように信民と親しく交わった。このため信民も心を開き、年の近い三十郎を兄のように慕った。ときには藤翁の期待に応えられない不甲斐なさ、跡継ぎとしての器量の乏しさをなげき、三十郎の前で涙を流すこともあった。

「まだまだ未熟であるが、誠実なこの少年は、きっと将来、家来たちに慕われる良き殿様になるだろう」

そう三十郎は確信し、自分が家老になったあかつきには、この人を命がけでお助けしようと、心に誓ったのだった。

——そのときは、意外に早くおとずれた。

文久二年（一八六二）、藤翁は十一年間つとめた幕府の老中職を首になった。

二年前、安政の大獄で反対派（一橋派）を弾圧した井伊直弼が桜田門外で水戸浪士らに殺害され、さらにこの年、公武合体政策をすすめた老中の安藤信正も、坂下門外で襲われて失脚したのだ。

すると、藤翁と敵対していた一橋派の人びとが政権をにぎり、このようなむごい措置に出たというわけだ。

五十歳を過ぎていたとはいえ、まだ身体に力がみなぎっていながらの隠居は、藤翁にとって、無念でならなかった。しかし、致し方ない。

こうして内藤信民が、藤翁に代わってわずか十五歳で村上藩主となったのである。

ただ、養子である少年藩主が藩政を主導できるはずもなく、結果、その後も村上藩は、藤翁が実質上の君主として君臨し続けることになった。そんな権力者に対し、傀儡藩主がきっぱり逆らったのだから、藤翁が驚くのも無理はなかった。


国元村上へ下向すると言い出したあと、藤翁は何度も信民への説得をこころみたが、信民は頑として前言を撤回しようとしなかった。

それに、三十郎をはじめ、江戸詰め藩士の多くも、信民が村上に入ることを熱望しており、とうとう三月二日、信民は家臣百名に伴われて江戸を発ってしまった。

しかし三十郎は、信民と行動を共にしなかった。藤翁が許さなかったからである。

「あやつには将器がある。いま三十郎を村上へもどし、万が一、血気盛んな連中にまつり上げられたら危険だ」

そう藤翁は、與兵衞に語った。

與兵衞もまったく同感だった。

おのれを飾ろうとしない。人に分け隔《へだ》てしない。不正を許さない。憐憫《れんびん》の情が強い。

「まったくの父親ゆずりですね」

與兵衞は、長年の同僚であった鳥居内蔵助の名を出した。

かつて藩政をになっていた與兵衞は、邪魔者とみれば容赦なく排斥し、藩士や領民にも憐《あわ》れみをかけず、冷徹に藩政の改革に徹してきた。目的を達成するためには、裏工作や卑怯な手を使うことも厭《いと》わなかった。

そんなやり方に藩士や領民が長年耐えてこられたのは、温厚な久永惣右衛門が人びとをなだめ、人望のある家老の内蔵助が、陰でうまく與兵衞を補佐してくれたからだった。

頑固なところはあったが、内蔵助はどんな軽輩にも気軽に声をかけ、困っている者があれば、すぐに手をさしのべた。見返りは、一切求めなかった。そんな情の厚さと清廉さを與兵衞はうらやましく思っていた。ああいう生き方は、自分には決してできないとわかっていたからだ。

——きっと親ゆずりの三十郎は、内蔵助同様、将来はよく藩をまとめていくことだろう。

與兵衞はそう確信していた。

いずれにせよ、藤翁に危険視された三十郎は、江戸に足止めをくらってしまった。

もちろん、だからと言って江戸で無意にすごしていたわけではない。

藩の家財道具を売り払って、銃砲を中心に武器を大量に買い集めはじめたのである。

この時期、いよいよ官軍が江戸周辺を取り囲みはじめていた。

「たとえ村上藩が恭順を示して無抵抗であっても、軍功を目当てに自制のきかない敵兵が屋敷に乱入してくるやもしれません」

そう藤翁を説得し、その許可を得た上での武器集めだった。

そして半月後、江戸無血開城が決定すると、三十郎は集めた武器をこっそりと国元へもどる藩士たちに持たせて送り出した。

「武装中立」という言葉が、どうしても三十郎の頭を離れなかったのだ。それを実現するためには、敵を寄せつけないだけの大量の武器が必要だった。

9

——三月十五日、官軍が予定していた江戸総攻撃がとりあえず中止と決まった。

徳川家の命運を慶喜から一任された勝海舟が、官軍の最高実力者である西郷隆盛と直談判し、江戸城を無血で開城することを条件に、攻撃を取りやめさせたからである。

そして四月十一日、江戸城に官軍が進駐し、あっけなく徳川は無条件降伏した。

同じ日、上野寛永寺に謹慎していた将軍慶喜は、故郷の水戸へ護送され、そこで謹慎生活を送ることになった。

徳川の新当主となったのは、田安家（御三卿の一つ）出身の徳川家達《いえさと》である。まだ、徳川家の転封先は確定していないものの、その存続は認められることになったわけだ。

ただ、一戦もとげずに無抵抗で薩長に屈服した現実に、納得できない旧幕臣たちも大勢いた。彼らの一部は江戸から脱して下総国鴻ノ台《こうのだい》（国府台）に集結した。最終的に集まった数は二千人を超えていた。まさに一大軍事勢力だった。

旧幕府脱走軍の首領に選出されたのは、大鳥圭介《けいすけ》である。

大鳥は村医者の子に過ぎなかったが、大坂の適塾《てきじゅく》で緒方洪庵《おがたこうあん》から洋学をまなび、頭角をあらわして士分となり、やがて幕臣に取り立てられ、歩兵奉行に抜擢された英才だった。その後は幕府の陸軍士官となり、陸軍の洋式化をすすめた。幕府が無血開城すると、フランス式の軍事訓練をうけた伝習歩兵一大隊の精鋭を率いて江戸から脱走したのである。

鴻ノ台に集結した旧幕府脱走軍は、先鋒隊と本隊（中隊と後隊）に分かれ、徳川家の聖地日光東照宮を目指すことになった。

先鋒隊の指揮官は、会津藩士の秋月登之助《のぼりのすけ》が任じられ、その参謀としてあの新選組副長の土方歳三が選出された。わずか数名の部下しか引き連れていなかった歳三だったが、やはり、池田屋事件、禁門の変、そして鳥羽・伏見での実戦経験が買われたのだろう。

鴻ノ台を出発した先鋒隊は下総国小金付近に着陣し、その後布施、水海道と泊をかさね、下妻藩、下館藩などを包囲しては、軍兵や兵糧を供出させ、英気をやしないながら北関東を北上していった。

そして四月十九日には七万七千石の宇都宮藩を攻撃し、わずか一日で陥落させてしまったのである。信じがたい大勝であった。

江戸を立ち去ろうとしない反政府勢力もあった。

――上野彰義隊である。

もともと寛永寺に謹慎していた徳川慶喜を警備するため、一橋家の家臣が中心になって結成された組織だったが、有象無象の者たちがこれに加わり、慶喜が水戸へ去った後も、上野の山に陣取りつづけ、なんとその数は三千近くにふくれあがっていた。

これは、江戸に進駐する官軍にとって、大きな軍事的脅威であった。

それだけではない。

旧幕府海軍の存在もあった。

旧幕府が所有する艦船は、新政府に引き渡すことになっていた。ところが、海軍を統括していた榎本武揚が、これをはっきり拒み、四月十一日に艦隊を引き連れて品川から離脱して館山へ移してしまったのである。

このように四月に入ると、関東各地で反新政府の動きが急激に活発化していった。

これに連動するように、おとなしく新政府にしたがっていた東北諸藩にも、大きな変化が現れはじめた。

新政府は朝敵に認定した会津藩を攻撃せよと強く東北諸藩に働きかけたが、その命令をのらりくらりかわし、むしろ会津藩の免責を新政府に嘆願する動きを見せたのである。

いっぽう、新たに朝敵にされた庄内藩は、会津藩とともにさかんに東北・北越の小藩を回って、自分たちに味方するよう強引な説得工作をはじめた。

こうした情勢の変化に連動して、

「国元村上でも主戦派がふたたび台頭してきた」

という噂が三十郎の耳にも入ってきた。

(殿は、大丈夫だろうか)

この風聞を耳にして、若き信民がうまく家中を統制できているかが不安になった。

一八六八年(慶応四年・明治元年)――この年は四月が二回あった。閏《うるう》月である。最初の四月が終わり、閏四月になったまさにその夜、村上にいるはずの江坂衛守が突然、三十郎の部屋にやって来た。

「三十郎、すぐに村上へ帰れ」

そう言って小さな紙片を渡した。
そこには、父内蔵助が危篤におちいったと書かれていた。
「それほど、悪かったのか！」
三月《みつき》前はあれほど元気だっただけに、にわかに信じがたい思いだった。
さすがの藤翁も、その報に接して三十郎の帰国を許したのだった。
ただし、
――決して主戦派に与みしてはならぬ
と、くぎを刺すことを忘れなかった。

10

慶応四年閏四月十二日、三十郎は村上城下に入った。

陽暦でいえば六月初旬、もう季節は初夏である。

はるかにのぞむ朝日岳はまだ山頂部に雪を残しているが、臥牛山の緑は青々と深く、少し歩けば汗ばむほどの陽気だった。あれほど降り積もっていた深い雪が、ウソのように消えている。

三ヵ月ぶりの故郷の森は、まさにその姿を一変させていた。

だが、世の中の変わりようは、それ以上だった。

この数ヵ月、日本列島は政治的激震に見舞われていた。

二百年以上続いた幕藩体制はがらがらと崩れさり、この北国《ほっこく》の地にも、硝煙のにおいがぷんぷんと漂いはじめていた。

——なのに、である。

今年もいつもと同じように季節はめぐり、高台の畑では乙女たちが新茶をつみ、町人町からは、翌月にひかえる祭の練習なのか、お囃子《はやし》の音がひびいてくる。

ただ、そうした長閑《のどか》な景色は、三十郎の視界に入ってこなかった。

（どうか、保ってくれ）

祈るような思いだった。父を看取りたいという一心で、三十郎は自宅へと急いだ。

いつか近い将来、この時が来るとわかってはいたが、江戸へ旅立つときは、それほど病が深刻な状況にあるとは夢にも考えなかった。

（もっと自分が、しっかり父を養生させていたなら……）

帰国の途上、三十郎の脳裏には、そうした後悔ばかりが浮かんでは消えた。

まだまだ話したいこと、教えてもらいたいことが、山ほどあったのに——。

（早すぎる……）

そう思った。

それにしても、元気なときに別れを告げて村上を発ったものだから、あのたくましい身体を持つ父が、いま死を迎えようとしているとは、どうしても想像できなかった。

ようやく藤基神社の社殿が見えてきた。自宅はすぐそこだ。

三十郎は玄関からすぐさま屋内へ飛びこみ、足もふかずに奥へ入っていった。そして、驚く妻の錞《じゅん》に父の容体をたずねた。

口ごもる錞の背後から現れたのは、なんと、危篤であるはずの内蔵助本人だった。

「父上！　ど、どうして……」

すぐには、状況が飲みこめなかった。

少しやつれたとはいえ、内蔵助はおのれの足でしっかり立っているではないか——。

とても、死が間近に迫っているようには見えない。

「すまぬな。危篤だといわねば、御隠居様はお前を国元へもどさないと思ったのだ」

「なぜそのような戯《たわむ》れを！　訳をお聞かせください」

「驚くのも無理はない。だがな、事態は切迫しているのだよ、三十郎……」

——事実、この村上の地にも戦争の足音が近づいてきていた。

鳥羽・伏見の戦いで旧幕府軍が敗北した数日後の一月九日、新政府は北陸道鎮撫総督に公卿の高倉永祜《ながさち》、さらに副総督に四条隆平を任じた。彼らは一月十五日に北国の諸藩に対し、「二月上旬まで政府に忠誠をちかう請書《うけしょ》を提出せよ」と通達してきた。

さらに二月下旬になると、高倉永祜総督は北陸道諸藩に対し、勅書を送って新政府への恭順と天皇への忠誠をもとめた。それは当然、越後の北端に位置する村上藩にも回ってきたので、城下は勅書を迎える準備で大わらわとなった。

勅書が到着すると、久永惣右衛門ら家老たちは、「藩主が不在でありますが、天朝様にかたく忠誠をお誓いいたします」と約束し、勅書に二十名ほどの護衛をつけてとなりの高田藩榊原《さかきばら》家へおくった。

すでに官軍は、この高田藩を越後平定の拠点としつつあり、三月十五日になると、高田藩領には官軍が続々と進駐してきた。

ところで、越後国を政庁としている大名家は、全部で十一藩ある。

そのうち、最大の領地を持つのが、十五万石のこの高田藩（上越市）だった。高田藩の大名は、徳川四天王と謳《うた》われた榊原康政《さかきばらやすまさ》を祖とする譜代の家柄だ。

しかし、前述したように高田藩榊原家は、二年前の長州征討で先鋒として芸州口から攻め入ったものの、洋式化した長州藩軍に大敗を喫した経験があった。

「戦って、とても勝ち目のある相手ではない」

それを家中が身をもって知っていたからこそ、官軍に対して多くが戦意を失っており、いち早く新政府に恭順の姿勢をとったのである。

——三月十六日、高田にいた北陸道鎮撫総督は、越後諸藩の重臣たちを呼びつけ、「藩主は上京して勤王をちかうこと、会津征伐に協力すること」などを約束させた。

江戸を発った内藤信民が村上へ入ったのは、まさにこの日だった。

信民一行は奥州街道をすすみ、白川街道、そして会津街道を抜け、新発田藩領を通って黒川から領内の平林に着くと、そこで昼食をとった。

旅の慰労ということで、お供の侍たちには領民から酒がふるまわれた。

その後、侍一行は、国元入りにあたって塵《ちり》にまみれた旅装を解き、伊賀袴と割羽織を身につけた。そして、足軽鉄砲隊二十名を先頭に、整然とした隊列をくんで七湊方面から山居前を通って城下に入ったのである。

信民の駕籠は、十二人の供番がかたく警備していた。彼らはいずれも、ミニエー銃をたずさえていた。これは、最新の前装式ライフル銃である。長州征討でその威力を実見した三十郎が、大金をはたいて購入し彼らに持たせたのだ。

信民は意外にも、今回が藩主としての初めてのお国入りでもあった。

城下町の沿道には、一目若殿様の姿を見ようと、多くの領民が待ちかまえていた。

藩士たちもみな城外へ出て、うやうやしく信民を出迎えた。

たいへんな歓迎ぶりだった。

とくに家中にとっては、待ちに待った藩主のお国入りだったからだ。

――ここ三ヵ月、村上藩内は、大きく揺れうごいていた。

じつは数日前も、会津、米沢、庄内三藩の使者が村上城下に入りこみ、

「徳川慶喜公は、心底新政府に恭順しているわけではない。やむなく一時的にくだったままで。憎むべきは薩長ぞ。あやつらは、官軍の名をかりた国賊だ。我らと薩長を誅し、徳川家を救うのだ。もしそれが不服と申すのなら、一戦参ろう！」

そう叫んで、去っていった。

これは、完全な脅しであった。

ちょうどこの時期、強大化した関東地方の反政府勢力を鎮撫するため、新政府の北陸方面軍の大半が出撃してしまっており、北越地方にはほとんど兵を駐留させていなかった。

それゆえ、会・米・庄三藩の過激な連中が、こうして北越諸藩を訪ねては、扇動して回っていたのである。

このころから、村上藩の新政府に対する主戦派が、猛然と藩内で多数派工作を開始した。

もともと新政府の強引なやり方を嫌悪する村上藩士は多い。そのうえ関東情勢の変化により、大勢は反政府側に傾くと判断したのだろう。

同時に主戦派は、藩内の恭順派つぶしにも力を注いだ。

その格好の標的にされたのが、藩医の今村玄長と窪田玄仲であった。

この二人は、新政府に敵対する愚を重役たちに説きまわっていた。

とくに今村は、

「我が藩は、すでに新政府に恭順を約束しています。なのに、会津や庄内に味方するというのは、二枚舌でありましょう」

と強く藩の首脳部が主戦にかたむくのを牽制した。

そこで主戦派は今村を「臆病者の犬侍」と糾弾し、中島大蔵などはその後をつけまわすようになった。

結果、命の危険を感じた今村と窪田は藩籍から離れ、逼塞《ひっそく》に追いこまれたのである。

こうして主戦派が急速に台頭しつつあったまさにそのとき、内藤信民が村上に入ってきたわけだ。

11

若き藩主・内藤信民の考えは、「断固、新政府に恭順すべきである」と、初めからはっきりしていた。

だから、三月二十日に家中が総登城して自分に謁見したさい、初対面の挨拶もそこそこに、いきなり
「我が内藤家は、新政府に従うこととする」

と宣言したのだった。

この発言は、家老や重職たちに事前の相談なく、いきなり発せられたものだった。

通常では、ありえない越権行為であった。

江戸時代は、何よりも形式や手順というものが重んじられた。

すべてにおいて、前例にしたがって行動することが求められたのである。

とくに武家の世界は、それが異常なほど厳しく、殿様とて万能ではなく、先例を破ることはできなかった。

村上藩にかぎらず他藩も同様だが、藩主が重役たちに前もって知らせずに、おのれの意見を家中全体に開陳することは、重大な規則違反であった。

たとえば大事な藩の施政方針なども、万事、家老などの重職たちがあらかじめ話し合って決めておき、藩主の了解を得たうえで、藩主の意向として、家老が家中に伝えるというのが順当だった。

藩主が直接家来へ語りかける時候の挨拶、領民へのねぎらいの言葉さえ、あらかじめ側に仕える近臣たちがその文面を考えていた。

そうした慣行を破ると、どうなるか──。

そのよい例が、米沢藩であろう。

十七歳で米沢藩主になった上杉治憲《はるのり》は、就任早々、江戸屋敷において倹約を旨とする藩政改革の断行を家中に宣言した。

すると、さっそく国元の家老たちが、「われらは、そんな話は聞いていない」と激怒し、強い抵抗をみせたのである。このためすぐに藩政がとどこおってしまい、結局治憲は、家老たちに正式に謝罪することになった。

だが、このしこりはそれから数年間も尾をひき、治憲はなかなか国元の家老たちの協力をとりつけることができなかった。そして、治憲が米沢にもどった二十五歳のとき、事件はおこった。

重臣たちが勝手に治憲の部屋に入りこんできて、改革の中止と担当者の解職を要求、治憲がこれに難色をしめすと、数時間にわたって禁足したのである。さらに、部屋から逃げだそうとすると、重臣の一人が治憲の裾《すそ》をつかんで押しとどめようとしたのだ。

信じがたい無礼さであるが、治憲は小藩から上杉家に養子として入った人間であり、年齢も若かった。

まさに立場は、内藤信民と同じだったわけだ。

ただ、治憲程度ですむなら、まだよい。

主君として適格性に欠くと判断された場合、家臣たちに監禁されてしまうことも珍しくなかった。これを主君押込《しゅくんおしこめ》といい、その後、隠居に追いこまれたり、場合によっては密かに殺害され、病死として幕府に報告されることもあった。

とにかく藩主というものは、お家存続のため、伝統にのっとり新しいことをせぬのが大事なのである。

それをゆるがす藩主が現れた場合、こうした行動によって、藩の動揺をふせぐ手段がとられたわけだ。

だから、村上藩に長年にわたって君臨した前藩主の藤翁であっても、こうした了解事項を決して破ることはなかった。

どうしても藩主が藩政を主導したいときは、意のままにうごく側近を登用し、彼らを通じて政治をあやつった。もし藩政に家中が反発したら、その側近にすべての責任をなすりつけ、自分は難をのがれることができるからだ。

藤翁の場合、それが、江坂與兵衞であった。

そして実際、幕府崩壊における與兵衞の失脚劇は、まさにその典例といえた。

ただし、前に述べたように、藤翁は、本気で與兵衞を切り捨てたわけではない。

あくまで新政府に対する方便だった。藩政の責任者を左遷することで、徳川時代の政治と決別したことを訴えるため、こうした措置に出たのである。ほとぼりが冷めたら、ふたたび與兵衛を登場させるつもりであった。


いずれにせよ、内藤信民はいきなり初のお国入りで、村上の家臣たちに正面切っておのれの思いをぶちまけたわけだ。

もちろん、信民とて馬鹿ではない。

これが異例なことぐらいは理解していた。

（しかし、お家の一大事ゆえ、みずからのお言葉で家中に思いを伝えるべきです）

そう焚きつけた男がいる。

残念ながら、これに信民は乗ってしまったのである。若さゆえの勇み足だった。

さすがにこの言動には、恭順派の家老・江坂衛守も仰天した。

（主戦派のしわざだな……）

そう、衛守はにらんだ。

村上藩には、世襲の家老が六名いる。

そのうち四名が、このとき国元にいた。

筆頭家老の鵬田蔵人と家老見習いの内藤鍠吉郎はいずれも、東北・北越諸藩と手を結んで薩長と戦おうとする主戦派だった。

日和見が久永惣右衛門。

はっきり恭順をとなえているのは、衛守ただ一人だった。

島田直枝と鳥居三十郎は、いまだ江戸にいる。

――おそらく信民公の絶対的な恭順方針を知って、こうなるよう、うまく仕向けたヤツがいる。

そう思って周囲を見まわすと、鎧吉郎が、口元に笑みを浮かべていた。しかも、衛守の視線に気がつくと、あわててそれをかき消した。

(何ということをしてくれたのだ!)

衛守は、腹立たしい気持ちでいっぱいになった。

しかし、このような巧妙な策を、二十歳になったばかりの家老見習いごときが、そう簡単にひねり出せるはずもない。

ならば四十の脇田か……。

「いや、違う」

あやつ自身、藩主の宣言にあんぐりと口をあけているではないか――。

「ならば、誰だ?」

(どこかに人望のあつい、頭の切れる黒幕がいるはずだ)

衛守は、そう疑った。

ともあれ、信民が謁見の場において、いきなり新政府への恭順を宣言したことに、一同はあ然《ぜん》としたのだった。

「小藩から来た養子のぶんざいで、若造が何を言ってやがる」

「いままでわれわれを放置しておいて、いきなり何様のつもりだ」

信民が退出したあと、会場に残った島田丹治や中島大蔵など主戦派の連中が、これ聞こえよがしに侮蔑の言葉を投げつけていた。

信民のことを言っているのは明らかだった。

ただ、戦いに消極的な日和見藩士たちも、さすがに藩主の言動に不快感をあらわにした。

内藤信民は、やってはならぬことをやってしまったのである。

こうして若き藩主は、国元の侍衆たちの信頼をたった一言でうしない、これ以後は、家中からうとんじられる存在になってしまった。


しかも、それからまもなく、江坂衛守が急遽江戸に旅立つことになった。

江戸家老の職を鳥居三十郎と交代するためだった。

鳥居内蔵助が危篤におちいったので、三十郎を江戸から村上に呼びもどす必要があったのだが、その代わりに、誰かを江戸へ送らねばならない。

「いまの江戸は混乱しておる。與兵衞が謹慎しているいま、そなたをおいて他に人はいない。わかってくださるな、衛守殿」

そう長老の久永惣右衛門に頼みこまれてしまった。

むろん、断ることはできない。その理由がないからだ。

(誰かは知らぬが、大した政治力だ。たくみに信民公の口を封じ、今度は俺という厄介者を村上から追い払うつもりらしい)

こうして四月二十日、衛守は「父危篤」の報を三十郎に知らせるべく、村上の地を発った。そして、帰郷する三十郎に代わって、家老として江戸にとどまることになったのである。

12

久しぶりに鳥居三十郎の姿を見たとき、上座にいた内藤信民は、立ち上がって思わずその名を呼ぶほどに喜んだ。

まさに、百万の援軍を得た心地であったろう。

恭順宣言をして以降、ほとんど信民のもとには、政治向きの話が入ってこなくなった。

――この若者は、いったい何を言い出すかわからない、
という不安が広がり、家老や重臣たちが相談のうえで、そうした状況下に置いたので

ある。

あの恭順派の衛守さえ、江戸に発つ前、この措置に賛意を示した。

ただそれは、信民が逆に主戦派に利用されないようにとの、配慮からだった。

このため、信民が家老の久永や脇田にいろいろとたずねても、

「ご心配なされますな。わが内藤家は安泰でございます」

の、一点張りの答えしか返ってこなかった。

側近や小姓も、政情についてはかたく口を閉ざした。

重職たちから「決して殿に政治向きの話をしてはならぬ」とくぎを刺されていたからだ。

しかしながら、実際は、大丈夫どころの話ではなかった。


すでに隣接する庄内藩は朝敵とされ、新政府側の天童藩や秋田藩などと大規模な戦闘状態に入っていたのである。

また、越後の高田藩には官軍が集結しつつあり、去就をはっきりさせない越後諸藩の平定準備を着々と進めつつあった。

さらにいえば、東北地方の動きである。

最大の雄である仙台藩は、新政府から「会津と庄内両藩を討て」と命じられたが、その実行に逡巡していた。そこで閏四月四日、仙台藩は盛岡、棚倉、山形、福島、二本松、三

春、亀田、上山など東北十二藩に声をかけ、同月十一日、その重臣たちを仙台領白石城に集めたのだ。この会議での話し合いの結果、新政府に対して会津・庄内両藩への寛大な措置を願い出ることに決めた。

かくして翌十二日、仙台藩主の伊達慶邦《よしくに》と米沢藩主の上杉斉憲《なりのり》が、奥羽鎮撫総督である九条道孝に直接会って、嘆願書を提出したのである。

三十郎の村上への帰国は、まさにこの日のことであった。

そして翌十三日、信民と江戸以来の対面を果たすことになったのである。

いずれにせよ、藩主でありながら内藤信民には、こうした切迫した事情は、まったく知らされていなかった。

久しぶりに対面した信民を見て、三十郎は驚いた。

別人のごとく痩せこけていたからだ。

おそらく、焦燥と屈辱のために食も喉を通らないのだろう。

（さぞ、ご心労がつのったことであろう）

大いに気の毒に思った三十郎は、すぐに人払いしたうえで、いま起こっている事実を主君にあますところなく伝えた。

久永惣右衛門ら家老衆から、信民に政治向きの話をすることを禁じられていたが、それを三十郎は独断で破ったわけだ。

（なんと、すでに隣国では、戦まではじまっていたのか！）

切迫している状況に、大きく驚きながらも信民は、

「しかしながら父上は、あくまで天朝様に従うべきだと申しておられた。私も藩主として、朝敵になる愚はなんとしても避けたいと思っている。どうか三十郎、この私を扶《たす》けてほしい」

そう信民は、三十郎に深く頭を下げた。

対して三十郎は、

「おまかせいただきたい。殿は当主らしく、鷹揚《おうよう》にかまえることが肝要《かんよう》」

そう述べた後、

「ただ、たとえ新政府に恭順したとて、戦を避けることができるとは、お考えにならないでいただきたい。へたをすれば、天童藩織田家の二の舞いもあり得ますから」

そういって、三十郎は天童藩のてん末をくわしく語りはじめた。

じつはわずか数週間前、恭順派だった天童藩は、奥羽鎮撫使先導として新政府から庄内攻撃を命じられた。ところが戦いに敗れて壊滅的な打撃をうけてしまう。

乱入した庄内軍によって城下を焼きはらわれ、藩主の織田信敏《のぶとし》は、命からがら仙台藩を頼って逃走したのだった。

庄内藩は、村上藩の隣国である。

もし村上藩が新政府方として自分たちに敵対するとわかれば、同じように領内に侵攻してくる可能性があった。

――いや、必ず攻め込んでくるはずだ。

三十郎は、そう見ていた。

「今後は、私から殿に戦況をお伝えいたします。しかし、主戦派が勢いをもつ我が内藤家で、いきなり新政府に服従せよと説得するのは無理がありましょう。まずは、第三の道を取るのです」

「先日、與兵衞が申しておった長岡藩の河井とやらがとなえておる、あの武装中立だな」

「いえ、そうではありませぬ」

三十郎は、声をひそめた。

「河井のいう策とは大きく異なります。できるかぎり、我が藩の態度をあいまいにして時をかせぐのです」

「こ、姑息ではないか……」

そう信民が不満をもらした。

三十郎は、村上藩と長岡藩では、状況が違い過ぎると考えるようになっていた。

河井は長岡藩の全権を完全に掌握し、家中を一致団結させているうえ、藩兵が最新兵器で完璧な武装をしていた。

ひるがえって村上藩は、どうであろう。

急ぎ買い集めたといいながら、現状では藩士たちが持つ武器は貧弱。そのうえ、新政府に恭順しようという声はすっかり小さくなり、久永惣右衛門ら藩首脳部もなりゆきにまかせているように思える。河井のような強い意志をもって藩を主導しようという決意がみえないのだ。このため主戦派の台頭が放置され、藩として統一的な行動はのぞむべくもない。

つまり武装中立など夢物語であって、このままいけば庄内藩に誘われて新政府と戦うはめになろう。やはり、たとえ姑息と言われようとも、與兵衛が薄笑いを浮かべて話したあの「ぶらかし策」を用いて時をかせぎ、機をみて新政府にくだるしかない。

国元村上にもどって、三十郎は考えを改めたのだった。

「殿、すでに官軍は高田藩に集結し、大藩の秋田藩も亀田・本荘・矢島・弘前藩と連合して新庄藩領に兵を集め、いよいよ庄内藩と武力衝突をはじめた模様。おそらくあと一月もすれば、東北や北越の形勢は新政府の圧倒的有利にかたむくでしょう。それまでのご辛抱なのです」

「しかし……」

そうためらう信民に対し、

「家を残すためなら、姑息を厭《いと》うてはならぬのです。卑怯呼ばわりされたとて、お家を守るのが、主《あるじ》たるあなたの大事なおつとめなのです」

この言葉に、信民は大きくうなずき、表情を少しやわらげた。

さらに三十郎はつづけた。

「私はこれから家老たちに武装中立を献策するつもりです。これなら家中も納得し、主戦派も妥協させられるはず。そして、形勢が新政府方に大きく傾いた段階で、殿がにわかに新政府への忠誠を内外に宣言し、すぐに官軍を瀬波港から領内に迎え入れます。この軍事力によってお家の主戦派をおさえて家中をまとめあげるのです。

そのうえで村上藩軍を庄内方面へ派遣し、秋田藩などと共同でこれを包囲する。大変な激戦が予想されます。けれど庄内藩は御隠居様の奥方のご実家。なおかつ、同じ譜代なれば、うまくわれわれが、庄内藩と新政府との講和を取り持つことも夢ではございませぬ。いずれにせよ、そうした貢献によって本領の安堵をはかりたいと……」

三十郎の秘策を聞いて、やつれた信民の表情に精気がもどった。

13

久しぶりに再会を喜びあった信民と三十郎だが、二人の会話は、隣室にいる小姓の島田鉄彌《てつや》が聞き耳を立てていた。そして、その内容は即刻、主戦派の首領へと伝えられた。

「鉄彌、ご苦労であった。まさか、あやつがそんな手を考えておるとは……。三十郎は、家中の若者たちからの絶大な支持がある。当人を翻意させねば、内藤家は四分五裂の状況におちいるだろう」

鳥居内蔵助の言葉に、鉄彌は大きくうなずいた。

二十二歳の鉄彌は、兄の丹治が三十郎と同じ年だったことから、幼いころから三十郎とよく遊んだ。

仲間のうちで一番幼い鉄彌は、いつもみなの足手まといだったが、仲間をたばねる立場にあった三十郎は、けっして鉄彌をのけ者にせず、対等にあつかい集団のなかで何かしらの役割をさずけてくれた。

(あの方は、人を率いる天分がある)

そう鉄彌は、三十郎を敬愛していた。

同じ思いを抱いているのは、鉄彌だけではなかった。村上藩の若者の多くが、三十郎に憧憬の念をもっていた。

――『鳥居三十郎伝』によれば、

三十郎は「資性温厚、言語諄々《じゅんじゅん》、頗《すこぶ》る君子の風あり」、「人に接する温順なれど膽斗《たんと》の如く所謂《いわゆる》沈勇の人なりき」、「色は稍《やや》黒き方にて頭髪は漆黒《しっこく》なり」、「清癯《せいく》容貌端麗威容あられき」とある。
性格が温厚なうえ言葉も丁寧であり、君子の風格を有している。しかも肝がすわってい
て勇気もあるという。その外見だが、肌はすこし黒いが、頭髪はつやのある漆のようで、
その容姿はすらりと痩せていて顔は美しく端正だった。
この記述を読むかぎり、この若者には欠点というものがない。
そんな若くて立派な人格者が、家老として恭順派の筆頭に立つことは、主戦派にとって
大きな脅威だといえた。
「しかも悪いことに、あの、江坂與兵衞が村上にもどってくるそうな……」
内蔵助からそれを聞いて、鉄彌はギョッとした。
藤翁とは常に一心同体だと思っていただけに、単身村上にくだってくるのが意外だった。
「あの傍若無人な切れ者がお国入りするとなれば、少々厄介なことが起こるやもしれぬ。
ただ、寵愛する與兵衞を手元から離さねばならぬほど、御隠居様も国元の動きを案じてお
られるのだろう」
と述べた後、鉄彌の不安そうな表情を見て、
「大丈夫だ。あくまで御隠居様あっての與兵衞だ。あの男一人では、もはや人は動かぬよ。
そもそも人徳がないのだからな。むしろ憂慮すべきは、三十郎だ。もしも與兵衞が三十郎
を取り込んだら、少々困ったことになる。そのときは鉄彌、よいな」

と言った。

鉄彌はだまって頭を下げ、静かに退出したのだった。


それから三日後、江坂與兵衞が村上にやってきた。

城下は、與兵衞の噂で持ちきりになった。

なんとこの男、頭をきれいに剃り上げたうえ、僧衣で城下に入ってきたのである。

当人は、藤翁から国元での蟄居を命じられたと言っているらしい。

じつは三十郎が江戸から去った翌日、早々に與兵衞は、藤翁の指示で江戸を離れていた。にもかかわらず、四日も到着に時差が生じたのは、途上、各地へ寄り道をしながら、さまざまな情報を仕入れていたからだった。

越後の長岡にも寄った。河井継之助と会うためである。

継之助は筆頭家老に昇進し、藩の全権を掌握していた。そして十四歳以上、六十五歳までを総動員して一千五百名を超える常備軍を創り上げ、最新の武器をもたせて毎日のように厳しい軍事調練をおこなっていた。

長岡藩士の多くは、この強引なやり方に文句をいわなかった。なぜなら、継之助が禄の均一化をはかったからだ。

二千石の家老をわずか五百石にけずるなど、上級武士の禄を大幅に減らし、ほとんどの藩士を百石前後に均《なら》してしまったのである。この結果、下級藩士の多くは大幅に収入が増え、その自尊心も大いに満たされた。

全権をにぎっていたからこそ、可能な改革であった。

なお、長岡藩のもとにも、新政府から会津藩を征伐するよう命令が届いていたが、河井はこれに応じようとせず、中立な態度を取り続けていた。

このため、新政府から敵対勢力と目されるようになり、近いうちに到着する官軍は、長岡城攻撃をもくろんでいるとの、もっぱらの噂だった。

継之助は、この強大な軍事力を楯に、あくまで中立を保つ覚悟だった。

もちろん、それが困難な道だと知りながら……。

継之助は、来訪した與兵衞に対し、再び村上藩との提携を申し込んできた。

しかし與兵衞は、言葉をにごした。

国元では、主戦派が藩政をにぎりはじめていることを知っていたからだ。もちろん、それは継之助も承知していた。だから、

「あなたが行けば、村上藩は変わるだろう」

そう期待をこめて激励し、国境近くまで見送ってくれたのだった。ただ、これが継之助との永訣となった。

各地をまわってみて、改めて情勢の厳しさを感じた與兵衞は帰国後、

「いまは動く時期ではないし、動いたら命を落としかねぬ」

と判断した。だから藩主の信民に帰国の挨拶をした後は、三十郎とも会わずにさっさと菩提寺の宝光寺へ入り、まるで僧侶のような生活をはじめたのだった。

(相変わらず、勝手な人だな……)

三十郎は思った。

だが、いまは與兵衛のもとを訪れるべきではないと自重し、手紙さえ出さずにそのまま放置しておいた。

(おそらく與兵衛殿は、御隠居様から家中を恭順にみちびくよう命をうけ、帰藩したはず。うかつに連絡をとれば、いらぬ疑いをうけ、おのれの秘策を失しかねない)

そう三十郎は警戒したのである。

14

奥羽越地方の情勢は、いよいよ切迫してきた。

会津藩に寛大な処置を求めた東北諸藩の嘆願は、閏四月十七日、あっさりと新政府に却下された。

これに憤激した奥羽諸藩は同二十日、白石において盟約を結んだ（白石会盟）。その盟文は「朝廷を尊奉して皇国を維持する。無用な戦争を避ける」と記しながら、「薩長の主張は、正当性を欠いている」とし、対決姿勢を鮮明にしたのである。のちにこの結束が、奥羽越列藩同盟へと発展していく。

この日、仙台藩士は、横暴な態度を見せていた奥羽鎮撫総督の参謀・世良修蔵《せらしゅうぞう》を殺害した。

——これにより、新政府と東北諸藩の武力衝突は、ほぼ決定的となった。

庄内藩もこの日、新政府に味方して由利に結集した秋田藩など東北連合軍に攻撃をしかけ、大勝したのだった。

しかし、その一方でこのころ、北陸道鎮撫総督府参謀兼会津征討総督府参謀である山県有朋と黒田清隆が率いる大軍が高田に着陣し、いよいよ越後平定に動き出すことになった。山県参謀と黒田参謀は官軍を二手に分け、山側の小千谷《おじや》と、海沿いの柏崎へ向かわせ、両所を拠点として、いよいよ長岡城の攻撃に入ろうとした。

この時期、村上城下には、会津、庄内、米沢、仙台藩から使者がさかんに来藩し、自分たちに味方するよう勧誘を強めてきた。

村上藩もついに、はっきり去就を決めねばならない状況になったのだ。

ここにおいて三十郎は、

——明日、重臣たちを集めて私の本音をさらけだそう、

と決意したのである。

そんな閏四月二十七日の夜、村上城からもどってくると、玄関で家士の武藤茂右衛門がうつむいて立っていた。

「どうした茂右衛門……」

問いかけると、茂右衛門は三十郎の顔を見ぬまま、

「ご隠居様が、離れの茶室でお待ちです。そのまま参れとの仰せにございます」

と告げた。

不審に思ったが、着替えもせず、刀も差したままで茶室へと出向いた。

戸をあけると、そこには白装束の父が座っていた。

細くなった全身からは、すさまじい殺気が立ちのぼっている。

三十郎が入ってくるなり、内蔵助は、

「おまえが武装中立をよそおって時をかせぎ、形勢をみて新政府に服従しようとしていることは、すでに承知しておる」

と言った。

「な、なぜそれを……」

ずばりと核心を突かれ、三十郎はうろたえた。

しかしすぐに、

――あなたが、主戦派の首領であったのか！

このときはじめて、気がついたのである。

内蔵助は、おもむろに傍らの箱から長い巻紙を取り出し、それをサッと畳に広げた。

巻紙は転がりながら、部屋の端のほうまで広がっていった。

数え切れぬほどの藩士たちの名前が刻まれ、それぞれに血判が押してある。家老から下級武士まで、少なく見積もっても二百人はくだらないだろう。

三十郎にはそれが、新政府への敵対を誓った者たちの血判状であることがすぐに理解できた。

「すでにわが同志たちは、義のために命を投げ出すと誓いあった。武装中立をよそおって家中をたぶらかし、時機を見て薩長に下るなど、士道にもとる所業。見損なったぞ、三十郎！」

鬼気せまる迫力に、三十郎は思わず気圧《けお》されそうになった。

が、三十郎も内蔵助の血をひいている。

おのれの気を大きくふくらませ、その圧力をはねのけ、

「なれば主家を滅ぼせとおっしゃるのですか！」

と叫んだ。

「なぜ、負けると決めつける。戦は、兵数や武器の差ではない。勢いである。その勢いをつくるのは、人のかたき結束ぞ。正義は、会津と庄内にある。それを扶《たす》くのが、兵《つわもの》の道であろう」

内蔵助は、三十郎を鋭くにらみつけた。

父の言わんとしていることは、心情としては痛いほどわかる。が、

「決して勝てぬのです。父上は、洋式化された長州の歩兵軍をご存じない。無謀な戦をさけ、家を保つのが家老のつとめでございましょう」

そう反駁した。

しかし、鳥居内蔵助は、一歩も引かなかった。

「三十郎、考え直すのだ！　もう猶予はない。われらが戦うべきは、非道な薩長ではないか。義を見てせざるは、勇無きなり」

幼いころから三十郎は、事あるごとに父からこの言葉を聞かされて育った。だから、自分もそうあるべきと信じてきた。

言い終わったあと、内蔵助はまっすぐ三十郎を見つめた。

けれど三十郎は、その父の目を見つめ返さず、視線をそらした。

――その瞬間、内蔵助がかたわらに置いた太刀をつかみ、立ち上がってすばやく鞘を払い、下手からいきなり白刃を伸ばしてきた。

三十郎はとっさにうしろにのけぞりながら、刀を手に取ってそのまま戸を蹴破って中庭に転がり出た。

それを追って内蔵助が表へ飛び出し、上段から二の太刀を浴びせてきた。

三十郎は頭をかち割られる間一髪のところで、おのれの太刀を盾にして頭上で白刃を受けとめた。

鞘が割れ、中の刀身が内蔵助の刀と激しくぶつかり、大きく火花が散った。

すさまじい衝撃が、三十郎の両腕に伝わってきた。

身体が崩れそうになるのを、必死でこらえた。もし力負けすれば、そのまま刃が頭部に食いこみ、まちがいなく致命傷をうけるからだ。

すると内蔵助は、両手で握りしめた柄からすばやく右手を離し、腰の脇差しに手をかけ、鯉口を切って下手から摺《す》り上げてきた。

その瞬間、三十郎はとっさに左足を後ろに引いて半身をおもいきり逸《そ》らした。

このため脇差しは、三十郎の袖を引き裂き、右の鬢《びん》をかすって空を舞った。

明るすぎる月を背負っていることで、相手の攻撃がはっきり見え、ぎりぎりで刃をかわすことができたのだ。まさに、命拾いしたのである。

(…ほ、本気で、私を殺すつもりだ!)

脂汗が全身から吹き出してきた。

——生き抜かねばならぬ、
という強い生への執着がわき上がってきた。

三十郎はしずかに後ずさりしながら、石灯籠に鞘を叩きつけてこれを振るい落とした。あらわれた刀身が月あかりに照らされてキラリと輝いた。さらに呼吸を整えながら、今度は右手で脇差しをしずかに抜いた。

こうなったら、父を斬ってその動きを止めるしかない。そう覚悟した。

かくして二人とも、宮本武蔵が考案したという二天流のかまえをとった。

内蔵助は、じりじりと三十郎との間合いを詰めてきた。

三十郎の背後には、池が広がっている。

これ以上は、後ろに下がることはできない。

勝負は、次の一太刀で決するはずだ。

病のためか、内蔵助は肩で大きく息をしている。

三十郎は、内蔵助が息を吸った次の瞬間、大刀と脇差しを顔の前で交差させ、身体を前屈させながら内蔵助に向かって突進していった。

意表を突かれた内蔵助だが、とっさに持っていた脇差しを三十郎に投げつけた後、大刀を両手でにぎり、ふりかぶって迫り来る三十郎の頭部に的をしぼった。

空を飛んだ内蔵助の脇差しは、三十郎の左腕を直撃し、思わず三十郎がバランスを崩したところに、父の大刀が近づいてきた。

だが三十郎は、崩れた体勢に逆らわずに転倒しながら刃をくぐり抜け、すれ違いざまに内蔵助の左足を脇差しで払ったのである。

確かな手応えが、三十郎の右手に伝わってきた。

膝の裏を深く斬られた内蔵助は立ち続けることができず、ストンと膝を折った。

「見事な腕だな」

内蔵助はそう笑うと、落ちていた脇差しを拾い上げ、素早く襟《えり》を広げて、刃を腹に突き立てたのである。

「あっ、父上！　ああ、ああ」

言葉にならない悲痛な声を発し、三十郎は内蔵助のところに走り寄った。

「近づくな！」

そう言って息子を強く制し、突き立てた刃をキリキリと横へ引き、いったん引き抜いた脇差しを持ちかえ、今度は刃を下にしてみぞおちに突き刺し、それをゆっくりと縦に降ろしていった。見事な十文字切りだった。

純白の衣はみるみる朱色に染まっていった。壮絶としかいいようのない光景だった。

「三十郎、もう時勢は止まらぬのだ……。大河の流れに棹《さお》さすことで、家中を路頭に迷わせてはならぬ。人はいずれ死ぬ、家もいつかは滅ぶ。ならば、重責をになう者は、士道にしたがって家中をみちびくべきであろう。義を見てせざるは、勇無きなり……。か、考え直せ、三十郎……。道を…道を誤ってはならぬ……、よいな……」

次第に内蔵助の声は弱々しくなり、逆に呼吸が荒くなった。

そして、ついに言葉を発さなくなり、小刻みに何度か身体を痙攣させたあと、大きく息を吸い、がくりと首を垂れた。

内蔵助は、そのまま動かなくなった。ただ、その姿勢は、座したまま崩れることはなかった。

「やけに月が明るいな」

父の最期を見届けながら、そんなことがふと脳裏をかすめた。

目の前で展開されている信じがたい状況を、現実として受け止めることができなかったのだろう。

（父は初めから死ぬ気だったのか、それとも俺を殺す気だったのか、あるいは、刺し違えるつもりだったのか……）

そんな疑念が、父の死に顔を見ながら頭に浮かんできた。

鳥居邸には、茂右衛門一人しかいなかった。

妻子や姉妹弟たちはすべて、親戚の鳥居与一左衛門家に遊びに行くよう、あらかじめ内蔵助が仕向けていたのである。

だから、中庭でのてん末を見届けていたのも、茂右衛門だけであった。

決着がついた後、泣きながら近づいてきた茂右衛門が、内蔵助の亡骸《なきがら》にすがりついた。

十代のころから仕えてきた主だったからだ。

飢えにさいなまれ、内蔵助から財布をすろうとして、諭されて鳥居家に拾われたのは茂右衛門十二歳の春であった。


三十郎は、その光景を横目で見ながら、ふらふらと立ち上がった。左腕に激痛が走った。内蔵助の脇差しの直撃を受け、どうやら骨にヒビでも入ったらしい。しかしその痛みが、三十郎に生きている実感を与えてくれた。

左腕をおさえながら、三十郎は茶室へともどっていった。

室内には、例の血判状が転がっている。

「よくぞまあ、これだけの者たちを。父の人徳がしのばれるというものだ」

そんな独り言をもらしつつ、丸まっている長い紙を押し広げていった。

まだ、三十郎の思考回路は、大きく混乱していた。

巻紙の最後には、鳥居内蔵助の名に続いて「鳥居三十郎」と父の字で記されていた。

15

妻や弟妹たちには、正直に事の次第を話してきかせた。

親族は内蔵助の死の真相を知って、声を押し殺して嗚咽《おえつ》をもらした。

大声で泣くのをこらえたのは、一番辛いのが三十郎だということを誰もがわかっていたからである。

しかし藩庁には、内蔵助の死を「病死」として届け出ることにした。すでに役人たちは、三十郎が父の危篤で自宅に戻ってきたことを聞いていたので、べつだん疑いもせず、これをすんなり受理した。

けれど、内蔵助が自刃したという事実は、主戦派の面々にはもれていた。

茂右衛門が、事の次第を余すところなく伝えたからである。

じつは茂右衛門も、血判状に署名した一人だった。

常に影のごとく三十郎に寄り添っている家士が、密かに父と通じていたわけだ。

それがゆえに、三十郎の行動もすべて筒抜けになっていたのである。

もちろん茂右衛門とて、こんな間者《かんじゃ》のようなまねはしたくなかったろう。

「つらい思いをさせたな」

葬儀のあと、三十郎は茂右衛門に深々と頭を下げた。

その言葉を聞くと、茂右衛門はうつむいて体をゆらした。大声を上げて泣きたかったが、必死にこらえたのだ。

その姿を見ているうちに、三十郎は言いようのない大きな喪失感を覚え、つられるようにして涙があふれてきた。

自責の念が、大波のようにとめどなく襲ってくる。


江坂與兵衞もまもなく、居所の宝光寺で内蔵助の死を聞いた。

死の真相も、與兵衞と通じている藩士たちから知らされた。

ほとほと内蔵助の死に様に感心した。

(たいした男だな)

與兵衞は、内蔵助とは長年の同僚であった。

家格は内蔵助のほうが高いが、與兵衞は藤翁のもとで藩政を一任されていた。ために、與兵衞の改革を国元で家老の内蔵助が補佐するかたちになった。

與兵衞は元来、傍若無人なうえ策略を好み、改革のためには平然と鬼になれた。

ただ、すべては内藤家のためであり、一切、おのれの私腹を肥やすことはなかった。

そうした無私の本心を知っていたので、内蔵助は進んで與兵衛の尻ぬぐいを引き受け、藩士たちをなだめ続けてくれた。

(あの男がいたからこそ、おいらは存分に暴れまわることができたのだ)

ただ、そんな與兵衛も、あれほど実直な内蔵助が、主戦派の黒幕だとは気がつかなかったし、家中を主戦でかためるために最愛の息子を殺そうとし、ついにはおのれの命まで投げ出すとは、予測すらできなかった。

(おまえの命をかけた策謀にしてやられたよ)

そう思った。

実際、内蔵助の自刃《じじん》は、見事な策謀であった。

これにより、三十郎は身動きが取れなくなったからだ。

江戸時代は父母が死ぬと、しばらくの間、喪に服すことが定められていた。

しかも、現代とは比較にならない長期間である。

幕府の服忌令《ぶっきりょう》では五十日の間、基本的に屋敷の中に籠もっていなければならなかった。

当時、死というものは穢《けが》れと考えられ、外に出ることは穢れをまき散らすことでもあった。さらに子は、一定期間静かに自宅に籠もって親の死を悼《いた》むのが道義とされた。だから、忌中は屋敷の門を閉ざし、原則、客人と会うことはできず、登城して政務をみたり、藩主に謁見するなどはもってのほかだった。村上藩の規定も、幕府に準じていた。

つまり鳥居内蔵助は、息子が翻意しないと判断した瞬間、その政治的活動を封殺すべく、自分の命を差し出したのである。

「まったくもって見事なものだな、内蔵助」

頑固そうな同僚の顔を思い浮かべながら、そうつぶやいた與兵衛は、すぐに事の仔細を手紙にしたため、密かにそれを江戸の藤翁のもとへ送った。

じつは藤翁は、内蔵助が自刃する三日前の閏四月二十四日、江戸を発って村上へ向かっていた。国元の家老たちから、矢のように帰国の催促が届いたからであった。

養子の若造藩主を信頼できなくなった家中は、長年、君臨してきた藤翁にもどってきてもらいたいと熱望したのだった。

それともう一つ、藤翁が江戸に留まる必要がなくなったことも、大きな理由となった。すでに江戸城は新政府に明け渡され、徳川慶喜も水戸へ移って謹慎をはじめた。つまり江戸留守居役というお役目が済んだのに、江戸にそのまま留まっているのは明らかにおかしい。ここで家臣たちに誠意を見せなければ、信民の二の舞いとなり、新政府が全国を制圧したあと、藤翁が藩の主導権を握ることはできないだろう。

そうした計算のもと、しぶしぶ家中の依願に応じるふりをして、藤翁は江戸を出立したのである。

ただ、中山道から上野国《こうずけのくに》の倉賀野《くらがの》宿まで来てみたところ、すでに会津藩が三国峠付近で戦闘準備をはじめており、峠を通過できないと知らされた。

このため藤翁一行は、いったん引き返し、今度は高崎方面から信濃国軽井沢宿を経て小《こ》諸《もろ》、上田と進み、五月三日に屋代《やしろ》宿へ入った。

ところが、である。

なんと、その先の信濃と越後の国境の関川（現・新潟県妙高市関川）も通行できないというではないか――。このため、五月五日に松代藩領へ入り、松代藩真田家の好意で開善寺に滞在させてもらったのだった。

やがて、奥州街道を通って会津経由で村上入りが可能だという情報が入ってきた。そこで、いったん江戸へもどろうとしたが、上野戦争のせいで警備が非常に厳しくなっており、熊谷あたりに関所がつくられ、そこから先は、やはり通ることができぬという。

ここにおいて藤翁は、仕方なく養子・信民の実家である信濃国岩村田藩内藤家を頼り、西念寺《さいねんじ》を居所とし、村上行きを断念したのである。

――ただしこれは、あくまで国元に対する偽装工作だった。

この時期であっても、行こうと思えば海路などを使ってどうにか村上へ入る手だてはあった。あえて、通行妨害をうけて困ったふりをして時をかせぎ、藤翁は時勢の推移をうかがっていたのである。

あるいは、初めから村上へもどるつもりなど、さらさらなかったのかもしれない。すでに藤翁は、村上にいる藩士たちを放置する決断をしていた可能性もある。藤翁にとって大事なのは、内藤家の存続だけであった。家があるかぎり、家臣などはいくらでも新たに雇用できる。

すでに信民が藩主としての権限を主戦派にうばわれ、実質上、軟禁状態におかれている事実を、江坂與兵衞からの密書で藤翁は把握していた。おそらく自分が出向いても二の舞いになるだけだ。極度の興奮状態にある主戦派は、きっと恭順を説いても耳を貸さないだろう。

だから藤翁は、事態を遠くから見守り、同時に家老の江坂衛守を京都へつかわし、戦後、内藤家になるべく被害がおよばぬよう、政治工作を展開させることにした。

いずれにせよ、藤翁が上野や信濃をうろうろとしている間に、奥羽越地方の情勢は、刻一刻と変化していった。

16

閏四月二十七日、岩村精一郎率いる官軍の先鋒隊が、越後の小千谷を制圧した。別働隊は同じ日に柏崎を占領している。

こうしていよいよ新政府の軍事力が長岡藩を射程距離においたのである。

いっぽうで新政府と敵対する会津藩は、良港の新潟港を押さえるとともに、敵がやって来るであろう、白河地方や越後各地に兵を散開させるようになっていた。

もちろん長岡城下にもやってきて、長岡藩牧野家に対して自分たちに味方するように強く迫った。

けれども家老の河井継之助は、その圧力を断固はねつけ、そのうえで五月二日、新政府の拠点である小千谷へ出向いて、責任者との会談を求めたのである。

継之助は、

「いまは内戦をしている場合ではなく、日本中が一致協力して強国に転進すべきとき。だから局外に立つ長岡藩が、会津藩との仲介の労をとりたい。また、いま長岡に官軍が進駐してくると、人心が動揺している折柄、大きな混乱をきたす。ゆえにいま少し待ってもらいたい」

そう新政府の代表者に告げるつもりであった。

――会見は、慈眼寺《じげんじ》において新政府軍の軍監である岩村精一郎（土佐藩士）との間でおこなわれた。

岩村はまだ二十三歳の若者で、世間知らずの傲慢な人間だった。

ために、継之助の願いは即座に却下され、会談は三十分足らずで終わってしまった。

継之助は岩村の袖にすがりつき、さらに話を聞いてもらおうとしたが、岩村はそれをはねのけて退出してしまった。

それでもあきらめきれぬ継之助は、何度も新政府の本陣に出向いては再度の交渉を願ったが、ついにそれが聞き入れられることはなかった。

まことにあっけない幕切れだが、こうして継之助がずっと温めていた武装中立という構想は、瞬時にして崩れ去ったのである。土台、無理な話だったのだ――。

つまりは、根本的に長岡藩の行くすえを考え直さねばならなくなったわけだが、ここにおいて継之助は、新政府へ降《くだ》るのではなく、敵対することを決めた。そして五月四日、前日に正式に成立していた奥羽の列藩同盟に参加を申し入れたのだ。

長岡藩が去就を決めたことは、越後一国に大きな影響をもたらした。

五月六日、長岡藩の誘いもあって新発田、村松、黒川、三根山藩、そして村上藩も、奥羽同盟への参加を正式に表明したのである。こうして東北にくわえ北越諸藩、あわせて三十一藩による奥羽越列藩同盟が成立したのだった。

官軍は長岡藩の向背《こうはい》を確認して、さっそく攻撃をしかけてきた。

長岡藩は榎峠で官軍を撃退するなど善戦をみせたが、五月十九日、敵の奇襲攻撃をうけて長岡城をうばわれてしまった。

そこで仕方なく長岡藩軍はいったん城下から退いて、加茂に兵を集中させ、戦闘態勢を整えつつ官軍と対峙した。

——五月八日、ついに村上藩も、飛び地である越後三条領を守るため、柴田茂左衛門を隊長とする精鋭百五十名を出陣させたのである。

十六日になると、官軍の攻撃にさらされている長岡藩を救援すべく、村上藩から第二弾の派兵がなされたが、長岡城下はまだ心配ないということで、村上藩軍は燕駅での駐留を命じられた。翌十七日には、三条方面へ二番隊として長老の久永惣右衛門が将となり、村上城下からさらに約百六十名が出動した。

こうして村上藩も戦時に入ったのである。

——五月二十七日、出征している村上藩軍は与板攻撃を実施した。

越後国与板藩は、井伊直弼の実子・直安《なおやす》が養子となって十代藩主を継いでいたが、いち早く新政府軍に下り、同領には新政府軍が集結していた。

与板藩は、長岡藩のすぐ北、三条領の南に位置する。

そんなこともあって、与板攻めは村上藩軍が中心となり、会津・庄内・米沢の三軍などが加勢して二十七日から進撃が開始された。

だが、与板陣屋からの反撃はすさまじく、いったんは撤退を余儀なくされてしまう。しかし翌日、同盟軍は再度攻撃を開始、ついに村上藩軍を主力とする軍勢が、与板口を突破して領内へ入りこみ、与板陣屋を占拠したのである。

この戦いで村上藩は、初めての戦死者を出している。

中島大蔵と柴田耕治、そして中根勘之丞の三人であった。

中島大蔵は、知久武蔵の次男として生まれ、三百石の中島家の養子となり、江戸では信民の小姓をつとめてきた。藩内では過激な主戦派だったが、撃剣をよくし長岡戦争でも大いに活躍した。この与板の戦いでは小隊長として部下を先導して馬越土手を越えようとしたところを、敵の銃撃をうけて命を落としたのだった。まだ二十二歳の青年だった。

柴田耕治は、わずか五人扶持五両の軽輩《けいはい》だったが、藩命により洋式兵術を学んでいた。この戦いでは、村上藩の軍事周旋方に抜擢され、連絡のために同盟諸藩のあいだを走りまわり、同時に敵の偵察に力を尽くしていた。しかし激戦中に敵の銃弾が膝にあたり、歩行ができなくなったため、その場で自ら命を絶ったのだった。享年四十二。

中根勘之丞は、直心影流の剣術や柔術を極めた武道の達人だったが、やはり膝を負傷し、周囲を敵に囲まれたため、戦場で割腹して果てた。彼も二十三歳と若かった。

村上藩から戦死者が出たのは、すくなくとも大坂の陣以来ではなかろうか。つまり二百年以上、戦争による犠牲者は出ていなかったことになる。だから三名の遺族だけでなく、村上にいる武家にとっては、改めて戦士としての自分たちの宿業を認識させられることになったはずだ。

いずれにせよ、三十郎が喪に服しているわずか一ヵ月の間に、武装中立を主張する長岡藩はあっけなく主戦に転じ、その動きに呼応するかたちで、村上藩も新政府軍と鉾《ほこ》を交えることになってしまったのである。

17

父の死を機に、三十郎の気持ちは大きく変化していった。

喪に服すため自宅にこもり、家族以外の誰とも接触せず、三十郎は沈思しつづけた。ただし、外の出来事に関しては、茂右衛門が正確に情報を伝えてくれていた。

——村上藩は奥羽越列藩同盟に加わり、ついに戦いの火ぶたは切って落とされた。もう後に引くことができなくなってしまった。なのに村上藩内藤家には、将器をそなえた非常時の指導者が出てこない。義父の惣右衛門は日和見で、筆頭家老の脇田蔵人も人を率いる器量が足りない。年少の主君は、家中に信頼されていない。

三十郎はときおり、父が中庭につくった的場に出た。

とくに喪中はすることもなかったので、この的場で矢を放ちながら物思いにふけることが多かった。

的場に入り、遠くの的に向かって両足を踏み開き、足の位置をしっかり定めてから上体を安定させる。弓矢をもった両腕を高く差し上げ、弓を押して弦をギリギリと力いっぱい引き、矢を右の頬に軽くそえ、的の一点に気持ちを集め、そして、右手の指を開く。

瞬間、矢はうなりをあげて、ねらったところに吸い込まれていく。

次の矢も、次の矢も……。的から矢が外れるということがなかった。一連の動作は、すべて身体が覚えており、まったく無意識の行動だった。矢を放ちながら、三十郎の心はまったく別のことを考えていた。

「危急の秋《とき》にあって、家中が渇望しているのは、強い指導者なのだ」

そう三十郎は、声に出した。

(いったい誰がふさわしいのか。それは誰だ?)

心の中で自問してみる。そして、

「私しか、いないではないか……」

そう自答する。

このやりとりを何度、いやもう何日、三十郎は頭のなかで反芻《はんすう》したことだろうか――。

が、どうしても、ふんぎりがつかなかった。

藤翁の意向も、信民公の気持ちも十分理解していたからだ。

それに、三十郎自身、薩長と戦って勝てるとは思っていなかった。

（負ける戦に、家中を道連れに飛び込むのは大罪ではないか——）

そんな気持ちがわき起こったあと、かならず思い出すのは、内蔵助の最後の言葉だった。

「三十郎、もう時勢は止まらぬのだ……。大河の流れに棹《さお》さすことで、家中を路頭に迷わせてはならぬ。人はいずれ死ぬ、家もいつかは滅ぶ。ならば、重責をになう者は、士道にしたがって家中をみちびくべきであろう。義を見てせざるは、勇無きなり……。か、考え直せ、三十郎……。道を誤ってはならぬ……、よいな……」


——五月二十七日の夜、三十郎は妻の錞《じゅん》を書斎に呼んだ。

ちょうど、内蔵助の月命日であった。しかもこの日は、ついに村上藩軍が奥羽越列藩同盟軍として、与板藩の官軍と鉾を交えた日であった。もうこれで、完全に後もどりができなくなったわけだ。

「ご用でしょうか」

いつものように、静かに笑みをたたえて錞が入ってきた。

父の惣右衛門に似て、まことに温厚な女だった。しかし、夫婦の間に娘が生まれたというのに、どこか、他人行儀だった。

この時代、武家の間での恋愛結婚は存在しない。相手は、家格によって決まった。

村上藩でも、世襲家老や重職のあいだで、長年、婚姻がくり返されてきた。適齢期の子息や娘がいる場合、親や親類縁者が家格の釣りあう相手を見つけてくる。よほどの事情がないかぎり、当人がそれを拒否する権利はない。

現代なら考えられないことだろうが、当時はそれが常識だったので、誰もが当然のこととしてうけ入れた。それに、知らない男女が夫婦となっても、ほとんどはうまくいく。不思議なものである。もしかすると、恋愛などという感情は、男女が夫婦となって家族を形成するうえでは必要ないのかもしれない。

三十郎の結婚も、互いに家老の家柄ということであったし、三十郎の祖母も久永家出身だった。それに妻になった錞に対しても何の不満もない。夫婦関係はうまくいっていた。ただ、錞に強い恋愛感情を抱いたことは、ただの一度もなかった。

じつは江戸にいた一時、三十郎は女に狂った時期がある。

藩士の内藤信寅《のぶとら》に、深川の茶屋に連れて行かれたのがきっかけだった。もう十年近くも前の話である。

この信寅という人物、もともと藩主の分家のそのまた分家、つまり遠い親類筋にあたるのだが、顔色の悪いしょぼくれた貧相な男だった。

連日のように外に出て飲み歩き、いつも昼間から酒の臭いをぷんぷんさせていた。しかも月に数回、藩の大金を湯水のごとく使って、大勢の他藩士と船遊びや茶屋遊びを楽しんでいたのだ。

藩の財政が切迫しているなか、何ともいい気なものだが、じつはそれが、信寅の仕事だった。

彼の職は、藩の留守居役――いまでいえば、国家の外務大臣のような職だ。

つまり信寅は、幕府の重職や諸藩の士を接待して人脈づくりに精を出し、せっせと公儀や諸藩の情報を集めていたのだ。同時に他藩からも頻繁に接待をうけていた。

留守居役は通常、藩で一番の能吏が任命される。

「あんなさえないお人に、なにゆえ留守居役をまかせているのですか」

あるとき三十郎は、人事権をにぎる江坂與兵衞に何の気なしにたずねたことがある。

すると與兵衞は、

「人は見かけによらないものさ。でもな、おいらの差配に抜かりはないよ」

そう言うと明くる日、與兵衞は三十郎のもとに信寅を連れてきて、

「おまえの仕事を、将来の御家老さまに見せてやってくれ」

そう信寅を三十郎に紹介したのである。

近い将来、家老として藩の中枢にのぼるであろう三十郎に、外交というものを体感させてやろうという與兵衞の親心だった。

このとき信寅は、三十郎に言った。

「男どうしが打ち解けるのは、船や茶屋の中に限るもの。酒と女をあてがえば、たいていは本音をはいてくれますよ」

口をするような音をたてて笑い、下からこびるように三十郎を見た。

（どうも、ことさらに自分を卑下する、この留守居役が好きになれない……）

それが三十郎の信寅に対する第一印象だった。

しかし数日、信寅と行動をともにすると、その印象は一変した。

信寅は、江戸城や留守居組合で出会う幕府の重職や他藩の留守居役の名前をことごとく覚えているばかりか、その家族構成、前回会った場所や会話の内容まですべて記憶し、巧みに相手の歓心をかい、何かしらの情報を引き出した。そして、得た機密を他藩の留守居役に伝えて新たな極秘情報をもらい、そうした話を総合的にまとめたうえで、的確に家老や與兵衞に伝達した。しかも、そのさいには必ず、おのれの予測や意見をまじえた。

「まさに、人は見かけによらないものですね」

そう三十郎は、與兵衞にうなった。

ただ、このとき一番見かけによらないと驚いたのは、自分自身のことであった。

信寅に同行した何度目かの宴席で、蔦吉《つたきち》という一つ年上の辰巳《たつみ》芸者に一目惚れをしてしまったのである。その日のうちに深い仲になり、それから何度もお忍びで深川へ通うようになった。

——女などに自分は夢中にならない。

そんな不思議な自信を持っていた三十郎だったが、気づいたときには、どっぷりはまっていた。

そんなある日、スルスルと近づいてきた信寅が、

「三十郎殿、本気になってはなりませぬよ」

とくぎを刺してきたのである。

「なぜ、わかったのです」

仰天すると、

「私は、お家の留守居ですよ」

と、あの下卑た笑いをみせた。

三十郎とて、馬鹿ではない。

女にかなりの大金をつぎ込んでいる。いい加減、蔦吉との関係を切らなければ……。そう思いながらも、それができないで困っていた。

なかなかの手管《てくだ》なのか、それとも本気なのか、「恋しい」だの、「切ない」だのと甘い言葉をささやいて、蔦吉は別れ際に泣く。

それを乙女の真心だと信じた三十郎は、ついにある決心をした。

信寅にばれた以上、早晩、與兵衞ら藩首脳部の耳に入るだろう。けじめをつけるほかないと、蔦吉の身請けを思い立ち、懇意にしている質屋から愛刀を担保に五十両を借りうけたのである。江戸詰めの大身の武家が、妾《めかけ》を囲うのは珍しくはない。

懐に大金をしのばせた三十郎は、浮き浮きと蔦吉の笑顔を思いうかべながら、彼女のもとへ出向いた。そして宴席から出てくる蔦吉に近づいた。すると蔦吉の首筋から別の男の匂いがしたのである。

――その瞬間、熱は一気に冷めた。

痛切な後悔の念にかられ、女に盲目になっていた自分が情けなく、そして、心底腹立たしくなった。

しかし、そもそも相手は、身も売る辰巳芸者。男に媚を売るのが生業《なりわい》だ。それを恋だと思い違いした三十郎のほうが悪い。相手に失望するのは、お門違いというものだろう。

いずれにせよ、三十郎はそれから二度と蔦吉に会いに行くことはなかった。

深川に出かけた村上藩士から何度も蔦吉の恋文を受け取ったが、開きもせずにみんなどぶ川へ棄ててしまった。そして、

「女というものは、平気で男を手玉にとるものである」

という偏狭な女性観をいだくようになった。

それ以後は、性欲の処理として、ときおり岡場所へ通うことはあっても、女の色香に心惑うことはなくなった。

ともあれ、かつて蔦吉に抱いたほどの熱情を、妻の錞に感じることはなく、また、そんな男女の深い情が夫婦というものに必要だとも思ってもみなかった。

子孫を残す——その一点が重要なことだと考えた。

ただ、二人の初子《ういご》は女子であった。名を光《てる》といった。まだ二歳になったばかりだ。できれば、跡継ぎの男児が欲しいと思った。しかし自分も錞もまだ若い。そのうち誕生すればよい、そんなふうに軽く考えていた。

しかし三十郎はいま、妻子に対して大きな決断を下さねばならなくなった。

自分の前に座った錞に対し、三十郎は言った。

「お前に暇を申し渡す。親元へもどるように。もちろん生活のこともあろうから、欲しいものは何でもくれてやる。自由に持ち去ってよろしい」

その言葉を聞いて錞の表情から笑みが消えた。

夫が実父の死に大きな衝撃をうけたことは錞もわかっている。

ただ、なぜ自分が離縁されねばならぬのか、それがどうしてもわからない。

だから三十郎の握りしめた拳を見つめながら、しばし錞はその理由を考えた。

——やはり、思い当たらない。

そこで錞は、まっすぐ夫の目を見つめ、

「どのような不始末があって、暇を出されるのでしょうか」

と尋ねた。

「おまえに落ち度はない。ただ、これから私がお役目を果たすのに、どうしてもおまえたちが邪魔になるのだ。他に仔細があるわけではないので、どうか理解してほしい」

と答えた。

「納得できませぬ」

錞は正面から三十郎を見すえ、きっぱりと言った。当然の反応だろう。

ただ、いつもおだやかな彼女の、力のこもった言葉の強さに、三十郎は一瞬たじろいだ。

（正直に話すしかあるまい）

そう決めた三十郎は、口を開いた。

「いま、村上藩は危急のときを迎えている。戦乱の中で内藤家自体が滅ぶやもしれぬ。それを阻止するため、この難局を自らが買って出ようと決意した。そのためには、煮え切らぬ重職をことごとく除くつもりだ。その筆頭が、お前の父、久永惣右衛門なのだよ」

それを聞いて、錞は大きく目を見開いた。しかしまた、

「納得できませぬ」

と同じ言葉を口にした。

自分の意図が妻に正確に伝わっていないのだと思い、三十郎は丁寧に前言をくり返し、最後に
「私はお前の父上を、追いやろうと考えているのだよ。その男の娘を、家に置いておくわけにはいかないのだ！」

そう声を張り上げたのである。すると、

「私は、鳥居三十郎の妻にございます。もはや久永家の人間ではありませぬ。にもかかわらず、帰る家のない女を離縁すると申すのなら、ここで娘と死を選びます」

きっぱりと言い切った。

（なんと、肝がすわっている……）

とても、あの優柔不断な惣右衛門の娘とは思えなかった。

はじめて、三十郎は自分の妻の強さを知ったのである。

「けれど錞よ、私はこの戦争は勝てるとは思えんのだよ。さすれば、一切の責任は私が負うことになる。そんな役目を引き受ける以上、おまえたちに累《るい》をおよぼしたくないのだ。わかってくれるな」

三十郎は、本音をもらした。

しかし錞は、涙で潤んだ大きな目で三十郎をまっすぐ見つめて、

「私は鳥居三十郎の妻にございます」

もう一度、同じ言葉を発した。その瞳にまったく揺らぎはみえなかった。はじめて妻の気持ちを知った。

思わず三十郎は、錞の細い腕をつかみ、その身体を引き寄せた。

十年近く前に深川の芸者をはじめて抱いたときの、あの感情の高ぶりと、精気がふつふつと三十郎の身体にみなぎってきた。

18

――六月一日、三十郎は自宅に、主たる主戦派の面々を召集した。

家老の脇田蔵人と、家老見習いの内藤鍠吉郎、近藤幸次郎、杉浦新之介、廣瀬隼太、柴田茂左衛門ら大目付の面々、浅井土左衛門、青砥釧太郎ら書記役、町奉行で親類の鳥居与一左衛門、同じく親類で物頭《ものがしら》の鳥居外守、砲術師範の宝田源五右衛門、大納戸役の平井伴右衛門たちが、続々と喪中の札がかかる鳥居家の門をくぐった。

十数名が広間で車座になって待っていると、まもなく三十郎が文箱を手にして入ってきた。

三十郎は深々と一礼すると、文箱から巻紙を取り出して広げはじめた。

例の血判状である。

最後まで紙を押し広げたあと、三十郎は小刀を取り出して親指に切りつけ、自分の名前の後に強く指を押しつけた。真っ赤な血潮が紙に吸いこまれていった。

同志たちはこの所作に、いずれも目を輝かせ、満面に笑みを浮かべた。

すでに新政府との戦がはじまり、程度の差こそあれ、圧倒的多数の藩士が主戦に傾いていた。しかし、人望を有する若きこの家老が、もし強く恭順を叫んだら、家中は動揺するだろう。

だからこそ、主戦派の面々は大いに安堵したのだった。

三十郎は皆に向かい、

「父の死で目が覚め申した。ここに改めて薩長に抗敵することをちかう。そして、喪中ではあるが危急の秋《とき》ゆえ、ただいまをもって政務に復帰する！」

そう宣言した。

一座からどよめきが起こった。

続けて三十郎は、

「私から、みなに一つ願いの儀がある」

と一同にいった。

みな、顔を上げて三十郎を見た。

三十郎は鋭い眼光でゆっくりと仲間たちを見まわし、

「家中における日和見者や恭順派を断固排除する。内藤が結束していなければ、この戦いは勝てぬ。ついては力をお貸しいただきたい」

そう頭を下げた。

この政権奪取宣言に、人びとは即座に同意した。

その後、酒と肴が出て、酒宴は深夜まで続いた。


六月三日、三十郎は一月半ぶりに藩主の内藤信民のもとに出仕した。

三十郎の前に現れた信民は、さらに痩せ細っていた。

それはもう、見るも痛々しいほどであった。

「長々のご無沙汰、まことに申し訳ございませぬ。この一大事にお側でお助けすることできず、深くお詫び申し上げまする」

畳に頭をこすりつけるように、三十郎は丁寧にお辞儀をした。

すると信民は、まだ三十郎が顔を上げる前から、

「いまから戦をやめるという訳にはまいらぬかのう」

と言い出したのである。

「お父上は、天朝様にあらがうことを望んでおらなんだ。恭順せよとの仰せであった。戦

はやむを得ぬことなのか。このままでは三条領が蹂躙され、やがてこの城下も兵火にかかるであろう。そうなれば家臣が死に、領民が塗炭《とたん》の苦しみをうける。それを藩主として看過することができぬのだ」

そう悲壮な声で、三十郎にすがってきたのだ。

――この期においても、まだ殿は非戦を思い描いておられるのか……。

逆に、そのこと自体が驚きだった。

顔を上げた三十郎は、信民を厳しく見すえ、

「殿、それは、もう無理にございます。いま薩長と戦うことをやめたら、今度は庄内藩や会津藩が領内に攻めこんで参りましょう。じつは昨日、庄内藩軍が新発田へ向けて進発したそうです。新発田藩の動きが不可解であるためです。どうやら同盟軍から離脱したいようなのです。米沢藩軍も新発田へ向かったといいます。今後どうなるかはわかりませぬが、新発田藩が寝返ったとわかれば、庄内・米沢藩両軍は容赦なく新発田城下へ攻めこむでしょう」

そう説明し、

「ですから、いまさらもう後へは引けぬのです」

再度きっぱりと断言した。

それを耳にした信民は、唇を強くかみしめ、視線を畳におとした。

さらに三十郎は、

「進むも地獄、もどるも地獄。同じ地獄なら、譜代の意地をみせて潔く散るのが士道」

そう、信民にたたみかけた。

（まるで、父上が私に乗り移ったようだな）

信民を説得しながら、自分でもおかしくなった。

――すると、

「一、国家は、先祖より子孫へ伝え候国家にして、我私すべき物にはこれ無く候」

信民は真顔のまま、独り言のようにしゃべりはじめた。

「一、人民は国家に属したる人民にして、我私すべき物にはこれ無く候。
一、国家人民の為に立たる君にして、君の為に立たる国家人民にはこれ無く候」
これはかつて、名君として名高い米沢藩主・上杉治憲《はるのり》（鷹山《ようざん》）が、次期当主になる治広に与えた「伝国の辞」、すなわち、藩主としての心得であった。

藤翁から徹底的に君主としてのあり方を仕込まれた信民は、この言葉を一言一句間違えずに覚えていたのであった。

信民はいう。

「村上や三条の地は、代々の内藤家の当主がその安全を守ってきた。それを、私の代で荒廃させてよいものなのか。私は、領民に擁立されて生きておる。その民を守れずして、なにゆえ主《あるじ》などといえようか。進退がきわまったという理由で、自滅覚悟で戦えば、多くの民が犠牲になる。果たして三十郎、それは正しいことなのか。別の方法もあるのではないか？」

——何という純粋な……。

さすがの三十郎も、その真摯な想いに胸が熱くなった。

しかし、わずか五万石の小藩は、時勢に流されるしかないのだ。

どうせ流されるのなら、みずから激流の先頭を行くべきであろう。村上が焦土になるのを覚悟して、率先して新政府軍と徹底的に戦う。

それが、兵の道なのである。だから、

「秘策などはござらん。殿、もはやお覚悟をしっかりお決めいただきたい！」

そう三十郎は、思わず声を荒らげてしまった。

これを耳にした信民は、血の気がうせた顔を下に向けたまま、二度と言葉を発しなくなった。

その重苦しい空気にたえきれず、三十郎は深くお辞儀をして部屋から静かに退出したのだった。

19

——六月八日、米沢藩の使いが村上城下をおとずれ、重役に面会を申し入れてきた。

大目付の近藤幸次郎が応対に出たところ、その使者は、次のように語った。

「新発田藩が、領民の騒動を鎮圧できぬと泣きついてきたゆえ、われらが応援に向かうことになった。ついては貴藩の協力をたまわりたい。翌九日午刻、同盟軍で新発田藩境へ打ち寄せる。もし新発田藩独力で制圧できぬときは、同盟軍の実力をもってしずめる所存。ゆえに貴藩においても、猿橋口へ百名ほど兵をお出しいただきたい」

協力を求めるといいながら、すでに決定事項であり、出陣依頼というより命令に近かった。しょせん村上藩は、その程度の存在なのであろう。

急な依頼だったが、幸次郎から話を聞いた家老たちは、ただちに番頭《ばんがしら》の江坂百右衛門、奉行の鳥居与一左衛門、書記役の浅井土左衛門、宝田源五右衛門らを将として、兵百名を猿橋口へ送ることに決めた。

ただ、新発田の領民蜂起を裏で先導していたのは、驚くべきことに、新発田藩の重役たちだったのである。

もともと外様の新発田藩（十万石）溝口家は、新政府に恭順する姿勢をとってきた。ところが、新政府に敵対を決めた米沢藩や仙台藩の圧力に屈し、奥羽越列藩同盟に加盟したという経緯があった。

やむなく同盟に加盟するさい、新発田藩の首脳部は密使を江戸へ送った。すると江戸の藩家老は新政府に対し「周囲の大名たちから脅かされ、仕方なく同盟に参加しましたが、忠勤の気持ちに変わりありありません」と弁明をし、新政府の許しを得たのである。

なんともあきれた二枚舌外交だった。

けれど、誇りを捨て、姑息な手を使っても、溝口家は生き残ろうと必死だったわけで、それを後世の人間が笑うことはできない。

しかし六月に入ると、いつまでも二枚舌を使っていられる状況ではなくなってしまった。同盟諸藩側から盛んに出兵要請が来るようになったからである。

もし兵を出さなければ、与板藩のように同盟軍の攻撃をうけ、新発田藩はボロボロにされるだろう。

そこで仕方なく大規模な兵力を出立させようとしたところ、城下に多数の領民が集まり、「進軍することなかれ、官軍と戦うなかれ！」と叫びながら、これを阻止する騒動を起こしたというわけだ。

ただ、先述のようにこれは、新政府に敵対したくない新発田藩の首脳部が、領民たちを裏であおって起こした自作自演の出兵延期計画だった。そして新発田藩は、この混乱を理由に「領民を制圧できず、とても出兵は不可能だ」と同盟軍側に申し入れたのである。

だが、同盟軍側も「はい、わかりました」とは言わない。その連絡を受けて「ならば、同盟諸藩で新発田城下の混乱を沈静化させよう」という話になり、村上藩にも出兵依頼が来たというわけだ。

この新発田騒動には、米沢藩主の上杉斉憲《なりのり》がみずから千人の兵を連れて米沢から駆けつけてきた。そして、新発田藩の動きを不審に思ったのだろう、六月六日に越後の関川（現・村上市の一部）に着陣した斉憲は、

「この騒動を鎮めるため、軍議を開くので御足労を願いたい」

と新発田藩主の溝口直正《なおまさ》に対し、直接関川に来臨するよう強く要請したのである。

関川村は、新発田城と村上城のちょうど中間地点に位置していた。

すでに同盟軍も、続々と新発田藩の国境に集結しつつある。

仕方なく直正は、この要請に応じて城下を発った。

ところが、である。

これを知って再び多数の領民たちが集まり、直正の行く手をさえぎったのだ。その群衆

の中には、農民に化けた新発田の藩士たちの姿も多数あったという。

「これは明らかに、こそくな新発田藩の時間かせぎだ」

そう判断した同盟軍は、

「九日の夜十二時まで、新発田藩が領民を鎮圧するか、藩主が関川へ来なければ、新発田城下へ総攻撃をかける」

と布告したのである。

これに仰天した新発田藩は、やむなくこの騒動をおこした責任者二名を同盟軍に引き渡し、以後は新政府軍と戦うようになった。

いずれにせよ、奥羽越列藩同盟三十一藩のなかには、このように会津・米沢・仙台・庄内など大藩の圧力によって、余儀なく同盟に参加した小藩がいくつも存在したのである。

（弱藩ゆえの悲しさだな）

新発田藩の動きを見て、三十郎は同情した。

いっぽうで、うらやましくもあった。

村上藩では、主戦派が多数を占めているといいながら、藩士たちの意見が完全に一致することはないし、そもそも領民が結束して内藤家のために行動を起こすこともないだろう。

溝口家は、豊臣政権の時代からずっと新発田領内を支配しつづけてきた大名である。だから領民たちも、三百年近く自分たちを守ってくれた溝口氏に対し「おらが殿様」として命を捨てる覚悟ができているのだ。

ひるがえって村上藩の場合は、まったく事情が異なった。

そもそも村上は江戸時代に入ってから、九回も大名家がコロコロと交替している。

内藤家になってからその支配は百年を超えたものの、領民たちには「殿様というのは、すぐに替わるもの」という意識が根づいてしまっていた。だから「主家のためにご奉公する」という気持ちは薄いのだ。

その意識に拍車をかけたのが、内藤家が領民にかけた重税や献金の強制だった。

内藤家は譜代の名家として、歴代の藩主たちは大坂城代や京都所司代など要職についた。前代の藤翁のときには老中にまでのぼりつめている。幕府の重職には役料が出るものの、それ以上に出費のほうが多い。そうした費用を捻出するため、領民への税を重くせざるを得なかったのである。

そのうえ、幕府の要職にある大名は、江戸常駐が義務づけられていたから、藩主はあまり国元の村上で過ごすことができなかった。

——めったに国元に来ない殿様から、税だけをしぼり取られる。そんな内藤家に、領民が親しみを感じるはずはないだろう。

また、内藤家自体も、村上に転封される前は同じ領地に定着せず、各地を転々としてきた。だから「領地と領民は替わるもの」という意識が強かった。

「人民は国家に属したる人民にして、我私すべき物にはこれ無く候」

三十郎はふと、信民が暗唱した上杉鷹山の「伝国の辞」の一節を思い出した。

(殿があんな純粋な気持ちを持てるのも、藤翁の帝王学の賜物だろう。だが、実際は……)

三十郎は思った。

(村上の侍は譜代としての気位が高く、城下に住む領民を飯の種としか考えておらず、ひどく見下している。そしてそれは、この私も変わらない)

20

「はぁ〜あ!?」

江坂與兵衞は、宝光寺にやって来た使者の水野逸八に、床に寝転んだまま顔だけを向けて、驚きの奇声を発した。

「逸八よ、おいらはよう、謹慎の身なんだぜ」

いきなり藩庁より出陣の命令をうけ、さすがの與兵衞も面食らった。寺に籠もって早二ヵ月。すでにイガグリ頭だったその髪も下へ向かって伸びはじめ、髭もぼうぼうになっていた。しかも、僧衣を身につけているものだから、なんともちぐはぐな姿であった。

しかし、逸八は笑いもせずに、

「本日六月八日、庄内藩より出兵依頼が参りました。新発田藩に不審な動きがあるとのこと。すでに先発隊をおくり、さらに明日、後続部隊として洋式銃隊を番士の佐野多助、安藤瀬兵衛、児玉伝兵衛らを将として新発田領近くの貝塚方面へ展開させる予定です。あなたには指揮官として部隊を率いて出陣していただきます」

そう手短に藩命を伝えた。

「こき使うねぇ〜。おいらはもう四十六。老兵だよ老兵」

そう言ってボリボリと頭を掻くと、フケかシラミかわからぬが、何か白いものがポロポロと落ちた。

逸八はいやな顔をしながら、

「明日卯の刻（午前六時）ちょうどに、桜馬場にご参集願います」

と言い捨てて出て行ってしまった。

しばらくして物憂《う》げに立ち上がった與兵衞は、がらりと本堂の扉を開けはなった。すでに陽は落ち、真夏とはいえ、涼しい風が堂内に吹きこんでくる。

「どうやら三十郎は、おいらを城下から追い出したいらしいな」

そう言うと、

「ええ。いよいよ、藩の実権を掌握しようとしているようです」

闇の中で、若い男の声がした。

與兵衛が密偵として用いている密事方の中島行蔵だった。

行蔵は主戦派の動きをさぐり、頻繁に與兵衛のもとへ詳細な情報を伝えていた。

與兵衛が帰国したばかりのころは、むしろ主戦派のほうがこの男の動きを警戒し、密偵をはりつけていた。

が、村上藩が列藩同盟に参加し、さらに三十郎がその主張を変えてから、完全に主導権をにぎったと安堵したのか、もう身の回りに怪しい影はちらつかなくなった。

こうして解放された與兵衛は、以前にも増して探索活動を活発化させたのだった。

「おい、上がって飲んでいくか」

闇に向かってつぶやいたが、

「遠慮つかまつる」

と声がして、そのまま人の気配は消えた。

「あいつにも、嫌われているようだな」

與兵衞は苦笑した。

行蔵は、好きで與兵衞に情報を提供しているわけではなかった。藤翁の密命だったのである。おそらく、他の藩士同様、與兵衞のことは好いていないのだろう。

「村上という糞田舎は、おいらの肌にあわぬ」

江戸っ子の與兵衞は、そうつぶやきながら、一抹の寂しさをおぼえたのだった。

翌九日、久しぶりにきれいに髭をそり上げた與兵衞は、洋装に身をかため、桜馬場から馬に乗って出立していった。


江坂與兵衞が村上城を後にした翌日の六月十日、城主居館において、与板攻撃を終えて帰還した大将の久永惣右衛門が、藩主信民に戦いの注進をおこなった。

与板城攻防戦は、はじめて村上藩が戦死者を出した激戦だった。

惣右衛門は当然、報告を終えた後に藩主信民から直々にねぎらいの言葉を頂戴できると期待していた。

ところが、である。

惣右衛門が言上し終えたあと、最初に言葉を発したのは、同座していた婿の鳥居三十郎だった。

しかも、いきなり惣右衛門のほうを見すえ、

「お役目ご苦労にござった。以後は登城におよばず。自宅にて沙汰をまつように」

と宣告したのである。

それを聞いてこの人の良い老人は、キョトンと三十郎を見た。

まったく状況が理解できないようであった。

「信民様……」

惣右衛門はとっさに、主君に理由をたずねようとした。

しかし、信民はその問いに何の反応も示さなかった。

惣右衛門と視線をあわさず、小刻みに身体をゆらしている。

この直後、惣右衛門の親類である山田久太郎が急に室内に現れ、ぼう然としている惣右衛門を引きずるようにして退出させたのだった。

「さ、三十郎！」

廊下で惣右衛門の叫ぶ声がきこえた。

まだ、事情がよく飲みこめていない様子だった。

翌朝、久永惣右衛門の屋敷には藩庁からの使いが訪れ、「すぐに登城するように」との命令が伝達された。

しかし惣右衛門は、体調不良を理由に、その命令をこばんだ。

（無理はない）

三十郎は、義父を気の毒に思った。

――しかし、やらねばならぬのだ。

三十郎は、惣右衛門からの返書を見て、「ならば代理の者をよこすよう」と命じ、やってきた久永家の陪臣に対し、「その方、不届きにつき、本来なら厳罰に処すべきなれど、その家柄を考慮し、かつ、信民公の初入部の年でもあるゆえ、特赦をもって蟄居を命ず。なお、以後は隠居することとし、家禄一千石のうち七百石は、せがれの亘理が継承することを認める。急度《きっと》、慎むように」

と申し渡したのである。

家老六名のうち島田直枝と江坂衛守は村上におらず、脇田と内藤は主戦派だった。つまり、日和見の惣右衛門を排除することにより、鳥居三十郎は、主戦派三家老の独裁体制を確立したのである。

事前に、この企みは藩主の信民に話して了解を得ていた。

かなり抵抗するかと思ったが、信民はあっさりと承知してくれた。

というより、そのようなことにまったく興味がないように、三十郎が話を終えるとすぐに、領内における寺社の功徳をたずねてきたのである。

ここのところ信民は毎日、藩祖をまつる藤基《ふじもと》神社や内藤家の墓所がある光徳寺へ参詣し、戦勝を祈願しているようだった。

「ほかに、もっと効験のある寺社はないか」

これから政変を起こそうという三十郎に対し、その説明をさえぎってまで、信民はそんなことを聞いてきたのである。

よく見ると、身体が小刻みにふるえている。声量も弱く、何かせかせかしているような早口だった。

(相当、ご心労がつのっていらっしゃるようだ……)

心配になった三十郎は、側役の柏田伴之丞と山口直矢を後で呼び、信民公から目を離さぬよう小姓に申し伝えさせた。

21

――六月十三日、三十郎は近くの関川村の下関本陣に滞在している米沢藩主・上杉斉憲のもとへ小鯛の浜焼き百匹を持参し、書記役の山田久太郎をともなってご機嫌伺いに出向いた。

先述のように、米沢藩は動向の怪しい新発田藩に圧力をかけるため、みずから千人という大軍を引き連れてきたのだった。

ただ、他藩の大軍がすぐそばで臨戦態勢を敷いているというのは、村上藩にとってもある意味、大きな軍事的な圧力であった。

じつはこの時期の米沢藩は、越後国での行動を活発化させていた。

もともと上杉氏は謙信、そして景勝の代は、越後の国主であった。

その後、景勝が会津百二十万石の太守となったが、関ヶ原合戦のさいに敵対的な行動をとったとして、徳川家康によって大減封のうえ、米沢へ移封されたという経緯がある。

つまり、徳川にうらみはあっても、決して味方する筋合いはないのだ。なのに、新政府に対する積極的な敵対姿勢はどうだろう。かなり奇異に感じるではないか。

（もしかしたら、この混乱を利用して、旧領だった越後をうばいとってしまおう。そんな領土的野心があるのではないか……）

となれば——それこそ、戦国の世の再来だ。

そう三十郎は考えた。

三十郎が米沢藩主に謁見したころ、長岡戦争は大きな転機をむかえていた。

官軍の攻撃でいったん陥落した長岡城だったが、反撃態勢をととのえた河井継之助が、新政府の本営がある今町を目指して進撃を開始。これに呼応して同盟諸藩軍も進軍をはじめ、六月二日、長岡藩軍は官軍を蹴散らして今町を占拠、翌三日には見附町も制圧することに成功した。同じく同盟軍も、長岡藩領へ進んで村々の主導権を新政府方から取りもどしていった。

続いて六月十四日、同盟軍は早朝から雨を突いて総攻撃を断行した。その後もたびたび激しい攻撃をおこない、結果、新政府方は急速に劣勢に立つようになった。

しかし、この展開に喜んでばかりはいられなかった。

長岡城下における官軍の苦境を救うべく、新政府方の兵力が高田藩領や柏崎港などに集まりはじめたのだ。

いっぽう同じ六月、奥羽越列藩同盟は白石城を拠点として、孝明天皇の義弟にあたる輪《りん》王寺宮公現法親王《のうじのみやこうげん》を盟主に奉じ、総督に伊達慶邦（仙台藩主）と上杉斉憲（米沢藩主）の両名、参謀に幕府の老中だった小笠原長行と板倉勝静《かつきよ》を配置し、議府を設置したのである。これは、京都に成立した明治天皇を奉じる新政府に対抗する奥羽越政権の誕生ともいえた。すなわち奥羽越列藩同盟は、単なる東北・北越諸藩における攻守同盟ではなく、新しい政権としての機能を持ちはじめたのである。

けれども翌七月になると、早くも同盟軍は奥羽の北端と南端から崩れはじめていく。

東北南端における白河城をめぐる激しい争いは、とうとう官軍の勝利に帰した。さらに白河城を落とした官軍は、平潟湾から新たに上陸した木梨誠一郎率いる千五百人と合流し、七月十三日には平城《たいらじょう》も陥落させたのである。

いっぽう七月一日には、北端にあたる秋田藩に、奥羽鎮撫総督の九条道孝が来訪し、強く奥羽越列藩同盟からの離脱を説いた。

すると四日、藩主の佐竹義堯《よしたか》の決断によって、秋田藩は新政府方に寝返ることを決意、同盟軍の盟主・仙台藩が派遣してきた使者十一名全員を斬り殺したのである。

以後、短期間に新政府の軍勢が秋田領に集結し、秋田藩兵も官軍の先鋒となって同盟諸藩に牙をむいたのだ。この情勢をみて新庄藩も秋田藩に同調、列藩同盟から離脱した。

まさかの手のひら返しに激怒した同盟軍は、新庄領内で薩長を含む官軍と激突したものの、壊滅的な打撃をうけて敗走した。


そんな七月のはじめ、三十郎は決定的な瞬間を見てしまった。

――やはり、あの話は本当だったのか……。

あきれるような思いで、三十郎は遠くから内藤信民の町人姿をながめた。

三日前、側役の山口直矢が思い詰めた表情で、御家老詰所にやって来て人払いを頼んだ。二人きりになって話を聞いてみると、信民公が直接城下で町人とまじわっているというではないか――。

そこで真偽を確かめるべく、藤基神社に十人ほどでやって来た信民一行を遠くから監視していると、小姓の高橋桂太郎とともに拝殿に入った信民は、しばらくして、なんと町人の姿に変じて出てきたのである。

そして、同じく町人の格好をさせた桂太郎を供に、神社とお堀をはさんで反対側に広がる町人地へ入っていった。

軽いめまいを覚えながらも、信民の後をつけていくと、町人たちがぞろぞろと出てきて信民に話しかけ、あるいは店に引き込んで茶をすすめている。近所の子供たちも、なれなれしく信民にまとわりついている。

（まさか！　あのものどもは信民公と知りながら、なれなれしく接しているのか！）

その事実が、いっそう三十郎の頭を混乱させた。

「いつからだ」

隣りにいる山口直矢に詰問した。

直矢はバツが悪そうに、

「今日で一月ほどになりますが、ここのところほぼ毎日でして……。殿様からは、決して鳥居様には言うなと厳命されておりましたが、殿の身に万が一のことがあればと、さすがに心配になりまして……」

そう言って、バツが悪そうに上目遣いで三十郎の様子をうかがった。

その機嫌を大いに損ねていることがわかっていたからだ。

「あのような戯《たわむ》れごとを……」

町人の風体をして、町人地を忍び歩く楽しそうな主君を目の当たりにして、

（まさに内藤家の存亡がかかっているというときに、まったくいい気なものだ……）

「いい気なものだな」

思わず、声となって言葉が出てしまった。

それを聞いて、直矢が思わず身震いした。

ここのところ三十郎は、あまり眠れていない。

藩政の頂点に立ったことで、重要な政務はすべてみずからの判断で決裁しなくてはならない。そのうえ戦時中のため、各所からひっきりなしに戦況や報告がとどく。それを分析して、的確な指示を出す必要があった。他藩からの依頼や連絡も多い。そんな激務と、神経の高ぶりのために、深夜になってもなかなか寝つけないのだ。

――なのに信民公ときたら、あんな下賤な者どもと、あのような戯《たわむ》れを……。

そう思ったら、勝手に足が動きだした。

「鳥居様！」

直矢がとめたが、それにかまわず三十郎はつかつかと信民のほうへ歩み寄っていった。

「ゲッ！」

最初に三十郎に気づいたのは、小姓の高橋桂太郎だった。

その気配で、子供と話をしていた信民が、後ろをふりかえった。

――驚くほどに屈託のない笑顔だった。

(殿のこんなはつらつとした顔を目にするのは、いつ以来だろう)

三十郎はハッとした。

が、信民のほうは近づいてきた武士が三十郎だと気づくと、一瞬にして表情をこわばらせてしまった。

町人たちも仰天して蜘蛛の子を散らしたように信民のまわりから離れていった。

「殿!」

三十郎は、一喝した。

信民は観念したような顔つきになって「すまぬ」と素直にわび、そのまま藤基神社へとひき返していった。

以後、信民が城下へ出ることは二度となかった。

22

――七月十五日、会津征討越後口総督の仁和寺宮嘉彰《にんなじのみやよしあき》親王が、官軍が占拠した越後の柏崎に入った。ここ数日、越後における新政府方の軍事力は急激に膨張しており、同盟軍の劣勢はもはや覆い隠せぬほどになってきた。

この日の真夜中、ようやく眠りについた三十郎は、いきなり鐔にゆり起こされた。聞けば、藩士の一人があわてた様子でやって来たという。寝間着のまますぐに玄関へ向かうと、側役の柏田伴之丞が荒い息をしていた。

「どうした、伴之丞」

三十郎が問いただすと、

「殿が……」

と言ったきり、伴之丞はその場に崩れ落ちた。

(まさか、)

三十郎はそのまま臥牛山を目指して走りだした。いやな予感がした。それを振り切るように、さらに足を速めた。

城主居館の入口、一文字木戸の前で、側役の山口直矢が三十郎を待ちかまえていた。直矢の案内にしたがって一文字御門から御殿の玄関へ入り、まっすぐ廊下を奥へと進み、役人詰所、御膳立間、小姓部屋の脇を抜け、突き当たりを左に折れ、そのまま信民の寝室へ入った。

部屋の真ん中には信民がふとんに寝かされており、小姓の高橋桂太郎がすがりついて泣いている。

三十郎はその光景を見るなり、桂太郎を引きはがし、信民に向かって、

「殿！」

と声をかけた。

返事はない。

白無垢の寝間着の上から、肩をつかんで軽く揺すったが、何の反応もみせなかった。

まだ温かさは残っていたが、その体温は明らかに生きている人間のそれではなかった。

「なぜ」

そう声に出した。

「申し訳ありません……、鴨居《かもい》に帯をかけ……」

桂太郎が泣きじゃくりながら、か細い声を出した。

「だから言ったろう！　目を離すなと」

力まかせに三十郎は、桂太郎を殴りつけた。

「ああ、殿」

今度は両手で信民の肩をにぎり、激しく揺さぶったが、それでも信民は目を開けようとしなかった。

（自分を信じて村上まで来た主君を……、この私が……、ああ……私が見殺しにしてし

まったのだ）
十一歳ではじめて対面したときの信民の、はにかんだ笑顔、腹を立てたときに口を一文字に結ぶ表情、元服のときの初々しい月代《さかやき》、八年間の思い出が次々に浮かび上がっては消えてゆく。
「殿っ！」
三十郎は、信民の身体を引き起こし、力の限り抱きしめた。

「縊《くび》られたのです」

しばらくして山口直矢が放心している三十郎の横で、その事情を静かに話しはじめた。

「寝室で大きな音がしたので、宿直《とのい》をしていた桂太郎がすぐに飛び込んだそうですが、そのときにはもう鴨居に帯をかけ、ぶら下がっている状態だったそうです。私も桂太郎の叫び声を聞いて駆けつけ、殿の身体をすぐに降ろしたのですが、もはや息はなさっておられませんでした」

（なぜ信民公の異常に気づいておりながら、もっと力になってやらなかったのか……）

直矢の言葉をぼんやりと聞きながら、三十郎の心にすさまじい後悔の念が大波のようにくり返し襲ってきた。

だが、三十郎のために弁解すれば、そんなことにかまっていられるような状態ではなかった。

この一月は激務のため、ほとんど信民と話すことすらままならなかったのである。最後に言葉をかわしたのは、町人地での一喝であった。

（せめて、殿の死を名誉あるものにして差しあげねば）

とっさに、三十郎はそう思いついた。

聞けば、信民の死を知る者は、まだ数人に過ぎぬという。

そこで三十郎は、その者たちをすぐに集め、「他言せぬ」という誓詞をとり、伴之丞と直矢、そして桂太郎に手伝わせて、藩主の死を偽装することにした。

さいわい、死後硬直はまだはじまっていない。

三十郎は急ぎ、死んだ信民に浅葱《あさぎ》色の裃《かみしも》を着用させた。これは、切腹のさいに武士が用いるもので、大名は万が一のために必ず用意している装束だった。

御髪は、三十郎が自ら整えてやった。信民の顔は安らかで、まるで本当に眠っているようであった。あの世に旅立ってしまったとは、とうてい信じられなかった。

こうして準備がととのうと、三十郎は信民を座らせた。

といっても、後ろでしっかり三十郎が抱きしめるようなかたちをとったのだ。そうしてから三十郎は、信民の襟元《えりもと》を押し広げ、腹を出した。

あばら骨が浮き出ている。

（なんと、軽いことか……）

三十郎は、自分にもたれかかる信民の体重の軽さに、若き主君が苦悩した四ヵ月を改めて実感したのだった。

桂太郎が、血で滑らぬよう白い紙を巻きつけた白刃を三十郎に手渡した。

内藤家の家宝たる脇差しであった。

三十郎の背中は、伴之丞と直矢がうしろからしっかり支えている。

三十郎は、脇差しを両手に持ち、大きく前に伸ばした後、気力をこめて信民の左脇腹に突き入れ、さらに刃を深く押しこんだ。

皮膚を突きやぶった金属が脂肪から筋膜へ侵入し、さらに内臓へと挿入されていく感触が、はっきり三十郎の両手、そして腹にじかに伝わってくる。まるで、おのれが自裁しているような奇妙な感覚をおぼえた。

すでに血液の循環が止まっていることもあってか、ほとんど出血は見られなかった。

三十郎は、突き入れた刃を慎重にギリギリと右へ引いた後、いったんその刃を引き抜き、今度はみぞおちへと突き刺した後、そのまま下へと押し下げていった。

かつて父の内蔵助が見せた、見事な切腹の場面を脳裏に描きつつ、三十郎は正確に切腹という儀式を遂行していった。

叫び声を上げたいくらいに心は乱れていたが、最後のご奉公をきちんと務めあげねばならないという義務感のほうが勝ったのである。

このあと、縊死《いし》の痕跡を化粧で完ぺきに消しさり、三十郎は直矢と伴之丞に命じて、家老や大目付、奉行など、出征していない重職たち十数名に召集をかけた。

集まってきた重臣たちは、信民の切腹現場を目の当たりにして絶句した。

三十郎は彼らを別室に集め、次のように言い切った。

「御覧いただいたように、殿が自刃なされた。ご承知のとおり、一月前ほどからご様子がおかしくなられておった。おそらく、ご心労のすえのご決断にあらせられたと思う。まことに無念である……」

皆、沈痛な面持ちで、三十郎の言葉をきいた。

誰一人、顔を上げる者はいない。

「ただし、その死はしばらく秘匿《ひとく》することにする。殿はご発病され、その容体《ようだい》は重篤《じゅうとく》である、とだけ家中に伝える」

「自裁《じさい》の事実は隠すというのですか」

正式な家老に昇格したばかりの内藤鍠吉郎がたずねた。

この一言で、強く押さえていた三十郎の感情の一部が露わになった。

「当然だ、鍠吉郎。いいか、殿はわれらを見捨てたのだぞ。藩の危急時に一人で楽な道へ旅立ってしもうた。われらは奉じるべき主《あるじ》を失ったのだよ。死の真相を公《おおやけ》にすれば、まちがいなく家中は動揺するだろう。わかるな、鍠吉郎」

思わず口をついて出た激しい情動を静めるため、大きく息を吸いこみ、最後は語調を和らげて言葉をしめた。

ただ、このとき三十郎は、あらためておのれの本心を知った。

――信民を死に追いやったという自責の念だけでなく、藩主の責務をまっとうせずにあの世に旅立った信民に対し、強い怒りをいだいていたのである。

藩政をにぎって一月あまり、主命というかたちで三十郎はお家を主導してきた。

が、信民が逝去してしまったことで、今後はすべてを一身でになわなければならない。もとよりその覚悟はあった。が、戦況が悪化していくなか、家中すべてを統率できる自信はなかった。

23

死んだ信民のもとには毎日、医者が遣わされることになった。

だが、すでに死去しているという噂は、わずか数日のうちに家中全体に広まってしまった。かたく口止めしたが、重職たちから一般の藩士へともれてしまっているのだろう。

ただし、そのへんのことについては、三十郎もあらかじめ織りこみ済みであった。

(武士として不名誉な縊死であることがわからなければそれでよい)

そう割り切っていた。

——あえてその死を秘匿したのは、多少の時間をかせぐためでもあった。

主君をうしなった内藤家には、新しい当主が必要である。

一番良いのは、岩村田藩に身を潜《ひそ》めている藤翁に帰藩してもらうことだが、勤王をとなえているあの老人が、戦況の悪化しつつある国元にもどってくるとは到底思えない。

そこで三十郎は、隣国の庄内藩酒井家から一子をもらいうけ、藩主にすえることを考えたのである。

もともと藤翁の正妻が酒井家から入っている。しかも、劣勢に立ちはじめた同盟軍のなかにあって、庄内藩は唯一屈強であった。秋田方面から攻め寄せてきた官軍を押し返し、敵にまわった新庄領へ入りこんで城を占拠、さらに秋田領へ侵入しはじめていた。

そのうえ庄内藩は、村上藩と同じ徳川の譜代である。

これほど養子をもらいうけるに、ふさわしい家柄はないだろう——。

短期間の交渉のすえ、庄内藩もこれを快諾し、藩主酒井忠篤《ただずみ》(十六歳)の弟・禎吉郎を、信民の養子とすることが決まった。

こうして七月二十五日、三十郎は大病を患っていた藩主内藤信民が没したこと、庄内藩の酒井禎吉郎が信民の養子となり内藤家を継ぐ旨を、家中に公表したのである。

その事実は、戦場に出ている兵士に対しても、伝令によって確実に伝えられた。最前線で命をかける藩士たちの不安を取り除くためだった。

故・内藤信民は生前から家中の信頼を失っており、むしろ頼もしい庄内藩から新しい主君を迎えることで、家中は安定するかに見えた。

が、それからわずか四日後の七月二十九日、衝撃的な知らせが、三十郎の耳に飛びこんできた。

長岡城が陥落し、同盟軍が長岡を捨てて会津へと敗走したというものだ。

じつはこれより五日前の二十四日、膠着状態にあった長岡戦争において、河井継之助は大勝負に打って出た。

緻密な作戦を練り上げたうえで、奇襲によって官軍から長岡城を奪還し、城下から敵を駆逐しようとしたのだ。

かくして長岡藩兵数百が正面から城下へと突入し、側面からは同盟軍諸藩がこの軍事行動を支援した。結果、長岡城の奪還は見事に成しとげられ、官軍の責任者であった山県有朋は、長岡城下からの撤退を余儀なくされた。

——しかし、である。

その日の激戦で継之助は左足に銃弾をうけて重傷を負い、以後、戦線で指揮がとれなくなってしまったのである。これにより、長岡藩軍の志気は大きく減退した。

しかも悪いことに、新政府もこの膠着状態に決着をつけようと考えており、長岡方面に大軍を差し向けていた。

このため二十九日になると、到着した新政府の大軍によって、あっけなく長岡城は官軍に奪いかえされ、長岡藩兵や同盟軍の兵士たちは城下から離脱し、やむを得ず会津方面へと逃走したのである。こうして長岡の地は、完全に新政府方に制圧されることになった。

悲報は、これだけではなかった——。

この日、新潟港が官軍の手に落ちてしまったのである。

すでに二十三日から新潟で激しい攻防がはじまっていたが、とうとう二十九日になって官軍に占領されたのだ。

越後方面における同盟軍諸藩の武器や食糧は、すべてこの港から陸揚げされていたといっても過言ではない。そんな大動脈が絶たれたのだから、同盟軍にとっては大きな打撃となった。今後は急速に兵器が欠乏していくことだろう。

しかも、この新潟攻防戦では、新政府の兵が新潟町の各所に放火し、約五百戸が焼失したという。

しかし、長岡城下の被害は、新潟町の比ではなかった。二ヵ月半にわたり、たびたび戦場になった結果、二千五百戸の住宅や寺院、藩校が焼失した。ことごとく城下が焼き尽くされたといってもよいだろう。

長岡城下には一万六千人以上の武士や町人が暮らしていたが、多くが戦いのために家をうしない、敗戦によって逃亡や潜伏を余儀なくされていた。村上藩が支配する三条領にも多数の長岡の民が入りこんできた。着の身着のままで、怪我を負った人びとも少なくなかった。

家老の河井継之助が自信満々に「武装中立」をとなえていたのは、わずか六ヵ月前のことであった。

が、そんな甘い構想はあっけなく崩れ、自慢の武器で二度ほど大敵を撃退したとはいえ、その結果がこれである。

出征兵士からの報告で、長岡と新潟の悲惨な状況を知らされた三十郎は、思わず天をあおいだ。

(――私も、河井と同じ道を歩もうとしているのか)

いまや、薩長官軍の絶対的優勢は動かしがたい。

それどころか、村上城下に敵が侵入してくるのは、もはや時間の問題だった。

じつは新潟攻撃の最中の七月二十四日、あの新発田藩が同盟軍を裏切って味方を攻撃しはじめ、城下に官軍を迎えいれたのである。

新発田藩は、村上に隣接する十万石の大藩である。

そこが新政府の拠点になってしまったわけだ。しかも二日前には、新発田に駐屯する新政府陣営から早速、

「明日までに重役三名を新発田城へ出頭させ、これまでの行動を弁明せよ。もし遅延したら、ただちに兵を差し向け、村上城において事情を聞くことになるだろう」

という脅迫の書が届いた。

三十郎は即日、

「藩主が重病なので期限を延長してほしい」

という返書をしたためたが、書面を持参して新発田へ向かった近藤龍八は、そのまま新政府陣営に拘束されたようで、二十九日の今日になっても帰還せず、新政府方からも何の連絡もない。

場合によっては、明日にも新発田の官軍が領内に攻めこんできても不思議はない。

まさに、絶体絶命の窮地だといえた――。

三十郎は主君信民がみずからの命を絶ってから、なぜか彼の言葉を思い出すことが多くなった。

「私は、領民に擁立されて生きておる。その民を守れずして、なにゆえ主などといえようか。進退がきわまったという理由で、自滅覚悟で戦えば、多くの民が犠牲になる。果たして三十郎、それは正しいことなのか。別の方法もあるのではないか？」

そんな悲痛な台詞が頭の中に響いてくるたび、

（無理ですよ、殿）

そう言い返した。

これまでは城下を歩いていても、ほとんど領民の暮らしなど目にとまらなかった。なのに、どうしたわけか近ごろは自宅へもどる途中、町人地のほうへ足を向けてしまうことが多くなった。

井戸端で女房らが甲高い声で笑いあい、奇声をあげて子供たちが走りまわっている。おそらく内藤家が入城する前から、人びとはこうしたのどかで平和な暮らしを送ってきたのだろう。

われら侍の都合で、町を焦土にし、彼らの平和な生活を壊してもよいものなのか——。

そうした疑念にとらわれると、また、

「民を守れずして、なにゆえ主などといえようか」

という信民の声が聞こえてくるのだった。

どうやら信民の死で、三十郎の中で何かが大きく変わったようであった。

24

長岡と新潟が陥落したという知らせが届いた翌日、月が改まって八月となった。

この夜、しかも丑の刻（午前二時）に真っ黒に日焼けした中年男が、躙《にじ》り口から鳥居家の茶室にもぞもぞと入ってきた。

「いやぁ～、こき使うねぇ、若い御家老様はよぉ」

軽口をたたきながら、江坂與兵衞が三十郎の正面に座った。

半年ぶりの対面である。

ヨーロッパ風の軍服、伸びた髪は散切り頭ゆえ、まるで西洋人のように見える。

「おいらは今日、新潟方面から撤収してきたばかりなんだぜ。少しは休ませてくれよ」

そう頭を掻いてあくびをした。

相変わらず、傍若無人な態度だ。

「ご無沙汰いたしております。御足労、痛み入ります」

三十郎は、丁寧に頭を下げた。

「他人行儀はやめようや。今日は本音でいこう。もう事態は切迫しているからな。お前もそれはよくわかっているだろう」

與兵衞の問いかけに、三十郎も短くうなずいた。

「おっしゃるとおり、我が藩は窮地に立っています」

だからこそ三十郎は、二十年以上も藩政をとってきたこの男の策をききたいのである。

——やはり、私はこの村上の町を守りたい。

長岡と新潟の陥落を知った昨日、三十郎はその結論に達した。

以来、四六時中、三十郎は村上城下を戦禍から救うべき最善の策を考えていた。

どうすれば城下での戦いを防いで、藩士や領民の生命を守ることができるのか——。考えれば考えるほど、頭が混乱してくる。

そこで、藁《わら》をもつかむ思いで恭順派と目されている與兵衞を呼んだのだ。もしこの会合を同志に知られたら、三十郎は一瞬にして主戦派の信用を失い、鳥居政権は瓦解するだろう。そうした危険を知りつつも、與兵衞の知略に希望を求めたのである。

ジッと自分をにらみすえる三十郎にたまりかね、與兵衞が、

「策は……、無いこともない」

そう言った。

三十郎は、ぐいと身を乗り出した。

與兵衞はポツリと、

「何もしないことだ」

と笑った。そして、

「無血開城だよ、三十郎」

と、さらに大きく口を開け、歯を見せた。

真っ黒い顔に歯の白さが大きく浮き出て、まるで化け物が笑っているように思えた。

「まじめに話していただきたい」

三十郎は、語気を荒らげた。

――新政府への徹底恭順、そんなことは、言われなくても三十郎も考えていた。

たしかに戦況の悪化で動揺し、恭順にかたむく藩士が急増している。

が逆に、籠城による徹底抗戦を叫ぶなど、むしろ一部の主戦派は過激化しているのだ。

いずれにせよ、藩論は分裂しているうえ、譜代としての誇りや自負心が侍衆には高すぎる。

そんな家中を、恭順でまとめあげるなど不可能。

（そんなこと、あなたは最初からわかっているだろうに）

三十郎は、憎々しげに與兵衞をにらみすえた。

「おいらは本気だよ。人は弱い生き物さ。目の前に強敵が来れば、誰もが怖じ気づく。この二月余、おいらは、そんな場面に多く出くわした。何だかんだ偉そうなことを言ったって、本当に肝のすわっているヤツは少ない。お前の親父なんかは珍しい例さ」

急に與兵衞が、長年の同僚だった内蔵助のことを口に出した。

三十郎は、父の衝撃的な最期がまだ三ヵ月前の出来事であったことを思いだし、あらためてこの間の有為転変の激しさを思った。父の自刃など、もうはるか昔の出来事のように思えてくる。

「とくに敗兵は、そうさ。いったん戦いに敗れ、逃げることを知っちまったら、もういけない。それが、癖になるんだ」

「だからといって、恭順で藩内を一致させることは困難です」

三十郎はぴしゃりとさえぎった。

「たしかに一部はな。お前の親父のような狂犬は、相手に噛みつかねば安心して死ねぬだろうから。だがな、狂犬どもの頭目はお前なんだぜ。責任をもって、やつらの気が済むまで噛みつかせてやればいいじゃないか。ただし、それは領外でやってくれ。城下じゃ迷惑だからな。隣によ、同じような狂犬集団がいるじゃねえか」

三十郎は、與兵衞のたとえ話を聞きながら、やがて彼が言わんとすることを明確に理解した。

「よくぞ……」

思わず声をもらした三十郎は、深々と與兵衞に頭を下げた。

（やはり、この人は、ただ者ではなかった）

郷土を戦禍から守る展望がひらけ、三十郎は、自分の身体に精気がみなぎってくるのがわかった。

それから三十郎と與兵衞は、明け方まで村上藩を救う方法について、入念な打ち合わせをおこなった。

以後、三十郎と與兵衞は、互いに会うことを避けた。

連絡はすべて、密事方の中島行蔵を通じてとることとした。

二人が通じているとわかれば、過激な主戦派が三十郎を信用しなくなり、暴発する危険が出てくるからである。


それからの江坂與兵衞は、すさまじい政治力を発揮した。

動揺する藩士たちに猛烈な運動を展開し、次々と恭順派へ寝返らせていったのだ。さらに與兵衞は、蟄居しているかつての同僚である久永惣右衛門も自派に取りこんだ。惣右衛門は婿に叛旗をひるがえされ、憮然とした思いで自宅に籠もっていたが、もともと温厚な質《たち》ゆえ、新政府への恭順に賛意をしめし、即座に與兵衞への協力を誓った。

続いて與兵衞は、最近村上にもどってきた家老の江坂衛守にも声をかけた。すると、意外にも衛守は、三年前に自分を失脚させたこの叔父に対し、ためらうことなく協力を約束したのである。

衛守は、新政府に村上藩の立場を理解してもらうべく、藤翁によって京都へ遣わされ、政治工作をすすめてきた。今回の村上入りも、じつは藤翁の命令だった。いうまでもなくその密命は「国元の藩士らを恭順にかたむけさせよ」というものだった。

つまり、叔父と目的がまったく合致していたのである。

けれど三十郎は、主戦派の首領という手前、七月にもどってきた恭順派の江坂衛守を、すぐに将として戦場へ投入してしまった。

だが、新政府軍との戦いで衛守は、黒駒にまたがって緋の陣羽織をたなびかせ、見事な指揮ぶりをみせた。剣術はからきし才能がない衛守であったが、将としての能力は抜きんでていたようだ。

ために「あっぱれな大将よ」と藩士たちは大いに称賛した。三十郎に引けを取らないくらい、衛守の人気があがったのである。

新政府の大軍が城下に攻め寄せてくるのは時間の問題、そんなとき、頼りになる重臣の登場に期待が集まるのは必然だろう。

そしてそれは、恭順派にとって非常に好都合だった。

25

――八月二日、長岡城を陥落させた官軍は、その勢いに乗って村上藩が支配する三条領へ向かって本格的に進撃を開始した。

村上藩をはじめとする奥羽越列藩同盟軍は、敵の行軍を止めるため抗戦をこころみたものの、その侵入を防ぐのは無理だと判断し、その日のうちに撤退を決めた。

このおり、三条領を統治していた村上藩の三条奉行・水谷孫平治も、部下二十三名を率いて、泣く泣く三条陣屋から撤収したのだった。

村上藩の役人と同盟軍が抜けた三条地域には、翌三日、すぐに官軍が進駐してきた。こうして村上藩は、その収入の大半を占める三条領を失ってしまったのである。


――ここ数日、村上城内では連日軍議が開かれており、今後の対応が話しあわれた。

総力を結集して野戦をしかけるべきだ、城内に籠もって戦い最後は一斉に腹を切るべきだなど、最初は抗戦を前提に議論がなされていた。が、三条領が敵の手に落ち、戦場から戻ってきた家老の江坂衛守が「新政府に恭順すべきだ」と強硬に主張したのを機に、主戦論は勢いをうしない、非戦に傾く者が増えていった。

戦ったところで勝ち目がないのは、いまや誰の目にも明らかになったからである。

それは、主戦派とて同じだった。

しかし彼らはどうしても、譜代として意地を見せたいのである。

いっぽうの恭順派は「いまならまだ新政府方についても、家のお取りつぶしはない」と判断していた。

実際、降伏したばかりの新発田藩は許されているし、さいわい、前藩主の藤翁も村上にはおらず、徹底的に新政府にしたがう姿勢をみせてきた。

恭順派は、臆病なのではない。新政府側について、会津藩や庄内藩と戦うつもりなのだ。じっさい敵に寝返った者は、今度は急先鋒となって味方と戦うのが武家のならいであり、今回の北越戦争もその定石が適用されている。

情けないのは、消極派であった。

そしてそれがいま、密かに家中の多数を占めるようになってきている。

もともと彼らは、五月に奥羽越列藩同盟が成立したころは威勢の良い主戦をとなえていた者たちだった。だが、長岡と新潟が陥落し、三条がうばわれ、敵が城下に迫りつつあるいま、戦争の恐怖にとらわれて戦うこと自体を恐れていた。これが、世の常というものであろう。

三十郎はむしろ、こうした弱腰の家臣たちが増えてくれることを願っていた。

じつは昨日、三十郎は初めて戦地へ出陣した。が、一戦も交えることなく、すぐに逃げもどったのである。

（主戦派の面々は、きっとこの私に失望したことであろう。とくに臆病者はなおさらだ）

そう考えた。

――じつはこの行動は、味方をさらに選別するための策であった。

（本当に死にたい者だけを連れていけばよいのだ）

と思っていた。

（藩主が不在のなか義理のために死を選ぶ必要はないし、そんな者は戦場ではかえって足手まといになる）

――三条領が敵の手に落ちた八月三日、酒井正太郎率いる庄内藩兵百九十名ほどが、にわかに村上城下に入りこんできた。

彼らは表向き、敵襲の危機にさらされている村上藩の応援にかけつけたかたちだったが、その実は、村上の侍たちが新政府方に寝返らぬよう、脅しをかけに来たのである。

三十郎は村上藩の責任者としてこの部隊を喜んで受け入れ、なんと、武装したままの彼らを、城内にまで引き入れて歓待したのである。

ただし、正太郎と面会したおり、三十郎ははっきりと、家中が急速に戦意をうしなって恭順に傾きはじめている事実を話した。

「侍衆の大半は同盟軍を裏切り、新政府軍に無条件で降伏するでしょう」

そうまで告げたのだ。

あまりの正直さに、しばしあ然とした正太郎だったが、

「一国の家老が、何を申すか」

と思わず大声で三十郎に返答し、こうした村上藩の臆病風を吹き飛ばすべく、八月五日、正太郎は桜馬場において軍事調練だと称し、庄内兵に鉄砲を一斉に放たせるなどして、勇ましい示威行動を展開したのである。

これを村上主戦派の面々は大いに喜んだが、多数派になっていた消極派や恭順派は、彼らの傍若無人さに眉をひそめた。


翌六日、酒井正太郎率いる庄内藩部隊は、主戦派家老の内藤鍠吉郎率いる村上藩軍とともに、岩船方面を防衛するために出立していった。そして翌七日、村上・庄内連合軍は、中条に陣取る官軍に対して、三方向から奇襲攻撃をかけた。

数の上では圧倒的に新政府方が勝っていたが、突然の敵襲に驚いて逃げ散っていった。

この戦勝に意気揚々と正太郎たちが村上城下にもどってみると、なんと、城下は騒然と

しはじめていた。

砲声が城下にまで響いてきたことで、

――薩長が大挙して城下に攻撃を仕掛けてくる。

という、ありもしない噂が広まってしまっていたのだ。

人びとの狼狽ぶりは目にあまり、中にはこっそりと疎開をはじめる領民も現れた。村上藩士もかなり動揺している。到底、敵を迎え撃てるような状況ではない。

（これは、だめだな……）

さすがに酒井正太郎も、三十郎が言うことをよく理解した。

いったん恐怖に支配された者は、それがたとえどんな屈強な男であっても、戦場では何の役にも立たない。脅して抗戦させても無駄。真っ先に戦いの場から逃げ出し、軍を瓦解させてしまうだろう。幾多の実戦を積んできた正太郎には、それがよくわかっていた。

「ここまで藩士を木偶《でく》にしてしまうとは、あの鳥居とかいう若造、よっぽどの愚か者だな」

そうはき捨て、

「ここにいては、部下の命まで危険にさらすことになる」

と側近に伝え、村上藩に挨拶もせず、九日、城下から立ち去っていった。

が、しばらくして、そんな酒井隊の後を、すさまじい速さで追ってくる影があった。人とは思えぬ体力で近づいてくる。

「うぬは、何やつ」

併走してきた男に正太郎は、馬上から誰何《すいか》した。

研ぎ澄まされた筋肉は、多聞天のそれを想像させた。

男は、武藤茂右衛門であった。三十郎の命をうけ、酒井隊を追ってきたのだ。

茂右衛門は、三十郎からことづかった言葉をどもりつつも確実に、正太郎に伝えた。

「ほうっ」

そう感心したあと、正太郎は「相わかった」と一言告げ、ふたたび馬を先へ進めたのだった。

26

動揺する城下の領民に対して、家老の鳥居三十郎は、家財道具を運び出したり、郊外に避難したりすることを断固許さなかった。

が、誰だって死にたくはない。

ために、櫛の歯が欠けるように、連日城下からはひそかに人間の姿が減っていった。

もはや、歯止めが利かなくなるのは時間の問題だった。

とくに庄内藩からの援軍が姿を消した翌十日、城下の動揺はいっそう激しくなり、とうとう奉行衆などの重臣にも、家財道具を運び出して郊外へ逃げる輩《やから》が現れはじめた。

家臣団の統制すら、不可能な状況になってしまったのだ。

ここにおいて三十郎は、同日午後、領民に対し、城下からただちに避難するよう勧告を出した。

これにより、村上城下は完全な混乱状態におちいった。その混迷にまぎれて、さらに敵前逃亡する藩士の家族が急増した。


――八月十一日早朝、とうとう本格的な官軍の攻撃が開始された。

平林口、塩谷口の台場から撤収してきた村上藩軍は、三日市村で合流して敵を防ごうとしたが、結局、敗北を喫して城下にもどってきた。

さらに、七湊村台場もあっけなく敵の手に落ちてしまった。

こうした状況のなか、巳の刻（午前十時）、村上城の鐘がはげしく鳴り響いた。

これは、万が一のとき、村上家臣団全員が集合するという合図であった。

現代と異なり、騒音の少ない江戸時代は、この鐘の音は城下のみならず、城外で戦をしている兵士たちの耳にも届いた。

こうして、桜馬場に続々と村上の侍たちが集まりはじめた。

藩士の妻や子たちも、ぞろぞろとやって来た。

その総数は不明だが、少なくとも五百名は下らないだろう。

三十郎は、臥牛山からおもむろに馬で駆け下りてきて、藩士たちの集まる桜馬場の真ん中まで馬を乗り入れ、家臣たちを見下ろしながら大音声を上げた。

「者ども、よく聞け！」

その声量の大きさに、ざわついていた場内が一斉に静かになり、皆が三十郎を注視した。

三十郎は、先祖伝来の甲冑を身につけ、真っ赤な陣羽織をはおっていた。陣羽織の背中には、真っ白な糸で神社の鳥居の図柄が縫いこまれている。

妻の錞が、心をこめて縫い上げたものだった。

その出で立ちは、源平合戦に登場する平家の公達のごとき美丈夫で、ほれぼれするような騎馬武者姿だった。

人びとは、まぶしそうに馬上の若者を見上げた。

「われらはいよいよ最後の一戦にいどむ。四十歳以下十六歳以上の者は全員、この私に続け！　これからただちに庄内へと向かう。信民公の御養子で、われらが主君となられる禎吉郎様のもとで、ともに庄内藩と手をたずさえて大敵を討つのだ！」

——三十郎の言葉を耳にすると、周囲からどよめきが起こった。

誰しも村上の地を捨てて戦うとは、夢にも思っていなかったからだ。

当然、城下で敵を迎え撃つものと信じていた。

「お城を捨てろというのですか」

すぐ側にいた家老の内藤鍠吉郎ですら、その発言に疑問を投げかけるほど仰天した。

三十郎は主戦派の仲間たちにさえ、この戦略をもらしていなかった。

事前に知っていたのは、江坂與兵衞と家老の江坂衛守だけだった。

というより、この策は、そもそも與兵衞が三十郎に授けたものだった。

——亡き主君、信民公の思いをとげたい。

そんな三十郎の気持ちを察した與兵衞が、この奇想天外な策を持ちかけてきたのだ。

「いやだぁ！　俺は、このお城に籠もって戦い、最後は城を枕に討ち死にするんだ。村上からは出ないぞ！」

そう叫んだのは、過激な主戦派である島田丹治であった。

その弟の鉄彌も、大きく声を張り上げて同意している。

が、その直後、一人の家臣が悲痛な叫び声を上げた。

27

「お、お城が……」

「えっ」

皆、一斉に臥牛山を仰ぎ見た。

「も、燃えているぞ！」

叫び声とともに、あちこちから悲鳴と驚きの声がもれた。

「本当だ！」

本丸から激しい炎と煙が上がっているではないか――。

「あっ！　居館も！」

今度は臥牛山のふもと、二の丸に建つ城主居館からも真っ赤な炎が噴き出し、黒い煙が各所からのぼり始めた。

とうてい消し止めるのは不可能であることを、炎上する城をみた全員が即座に理解した。

「ああ……」

大きな落胆の声がもれ、すすり泣く声も聞こえてきた。

村上城に放火したのは、足軽の大栗峰右衛門だった。

――そして、それを命じたのは、なんと、鳥居三十郎であった。


峰右衛門は六十歳の老人だったが、五日前、

「自分も出陣させてもらいたい」

と急に三十郎の屋敷に駆けこんできた。

自宅からも砲声が聞こえるようになり、居ても立ってもいられなくなったのだ。じつは一月前の戦闘で、峰右衛門は一人息子の助吉を失っていた。何としても、その仇を討ちたいというのである。

だが、足の悪い峰右衛門が、戦場を駆けまわるのは困難だった。

それをわかっていながら死に場所を求めている老人に対し、三十郎はその場所を提供してやることに決めた。

「峰右衛門、お前には別の大役を果たしてもらいたい。これから言うことをよく聞いておくれ。お前も知るとおり、この村上の城は戦国時代、本庄繁長が上杉謙信に叛旗をひるがえし、長期間の籠城に耐えきった、まさに天下の名城だ」

峰右衛門は、大きくうなずいた。

知識のないこの老人も、寝物語にその逸話は聞いている。そんな名城を内藤家が持って

いることは、家臣としても誇りであった。

「だがな、峰右衛門。こんな城があるから、籠城しようなどとわめく馬鹿者がいるのだ。村上城が名を馳せたのは、三百年も前の出来事なのだよ。いいか、あの長岡藩牧野家を見てみるがよい。河井継之助率いる精鋭部隊をもってしても、お城を守ることはかなわなかった。とてものこと、この村上城に新政府の大軍を防ぐ力はない」

そう力説した。

峰右衛門は、まだ三十郎の意図がよくわかっていない。

三十郎は続けた。

「もしわれらが籠城したと知れば、敵は城下の所々に放火しながら近づいてくるだろう。ために城下は火の海と化し、この城もあっけなく陥落しよう。人も多く死ぬぞ。最愛の息子を失ったお前には、人の死の痛みがよくわかるはずだ。峰右衛門よ、私は無駄な犠牲を払ったうえ、城内で座して死を待つなんて、まっぴらごめんなのだよ。堂々と敵中に突入して見事な討ち死にをとげたいのだ」

そう言ってから、三十郎はまっすぐに峰右衛門を見すえ、

「だからね、こんなお城なんか、焼いてしまおうと思っているんだ」

(えっ!)

峰右衛門は、三十郎を凝視したまま絶句した。

「籠もる建物がなければ、誰も城を枕に戦おうなんて思わない。われらの戦う手段は、野戦しかなくなるわけだ。つまりは、背水の陣だ。それに、もしわれらが敗れたとて、もはや、敵が土足で踏み入るべき内藤家の城館はないんだよ」

そう説明したうえで、三十郎は峰右衛門の手をとり、深々と頭を下げたのである。

峰右衛門には、倅《せがれ》と同じ年齢の三十郎が、亡き助吉と重なって見えた。

だから、それがどんなに大それた悪行たるかを知りながらも、この若き家老の頼みを断ることができなかった。

(わしは後世、お城を燃やした大罪人として、おそらくその悪名だけがずっと残るだろうな……)

が、

(それも、よいではないか。この若き御家老様のため、領民のため、この老いぼれは、あえて汚名をうけて命を捨てようぞ)

峰右衛門は、三十郎の手を強くにぎり返し、泣きながらほほえんだ。そして、死に場所を与えてくれた三十郎に心から謝し、その依頼を快く引き受けたのである。

——それから五日後、お城の早鐘が聞こえると、手筈どおり峰右衛門は、誰一人いなくなったところを見計らって本丸や二の丸の建物へと入りこんだ。先祖伝来の槍をもち、有り金をはたいて購入した粗末な兜《かぶと》を身につけていた。この老人にとっては、一世一代の大《おお》戦《いくさ》だったからだ。

そして、御殿の各所に油をまきちらして火を放ち、炎上を確認したところで、城主居館の大広間において甲冑姿のまま、見事に腹を切って果てたのである。

28

「聞けい！」

村上城の炎上をぼう然とみていた家臣たちは、その声にハッと我に返った。

声を発したのは、家老の江坂衛守だった。

江戸家老として藤翁に仕え、このたびの動乱でも、京都で朝廷工作をおこなってきた恭順派の代表だ。

だが、村上にもどってきてからは主戦派からうとまれ、三十郎の指示で戦場ばかりを駆け巡ってきた。

しかし、その指揮ぶりは見事で、村上一番の戦上手とたたえられるようになっていた。

そんな衛守の叫び声に人びとの注目が集まると、衛守は三十郎に向かって、

「俺は、お前にはついてはいかぬぞ。三十郎！」

そう言い放ったのである。

「天朝様に恭順し、この内藤の命脈をたもつ。それが御隠居様、そして亡き信民公のご意向ぞ。それを家老という立場にありながら、お前はふみにじった。お前の悪政が、このような事態に立ち至らせたのだ！」

(それは、言い過ぎだ)

主戦派だけでなく、家中の誰もがそう思った。

村上という小藩、譜代としての意地、藩主の不在、そのせめぎ合いのなかで、こうした状況においちいってしまっているのだ。

——決して鳥居三十郎殿のせいではない。

それだけは、家中の誰もが理解していた。

ところが、である。

「その通りだ」

と叫んだ男がいる。

色あせた筒袖にくたびれたズボンを身につけた白髪交じりの男だった。

そう、江坂與兵衞である。

散切り頭をかきむしりながら、與兵衞はさらに続けた。

「いまここを出てゆけば、そいつらは天朝様に敵対する国賊だ。朝敵は、内藤家にとって不都合。ゆえに脱藩者として、この場で士分を剥奪する！」

そう断言したのである。

與兵衛が発言したことで、一斉に主戦派が色めき立った。

恭順派を陰で動かしているのは、この男だと誰もが信じていたからだ。

三十郎の側にいた島田丹治が、刀の鯉口を切った。

「丹治、よせ！」

馬上から丹治を制した三十郎は、

「ならば勝手になされよ。戦いたい者だけが、この私についてくればよい。各自、望みの道を征《ゆ》け！」

そう宣告したのである。

じつはこれ、事前に三十郎が與兵衛と打ち合わせた、一世一代の大芝居だった。

つまりはこのやり取りによって、家臣たちに村上の地に残るという免罪符を与えたのである。

三十郎は、持っていた軍配を高々とかかげると、すぐに庄内へ向かって歩み出した。

立ち去る三十郎に向けて與兵衛は、

「戦場でまみえようぜ、三十郎！」

そう叫んだ。

「おう！」

相手に背を向けたまま、三十郎は軽く軍配を持つ右手を上げた。

この行動に主戦派の面々は一様に驚いた。

その多くが、まだ家族や家財道具を自宅に残したままだったからだ。

まさか三十郎が庄内藩へ向かうと考えてもおらず、しかも言ったとたん、そのまま城下から出ていこうとは、夢にも思っていなかった。このため、即座に三十郎に従った者はわずか五十名にも満たなかった。

あくまで新政府と戦い抜くと考えていた者たちも、さすがにその多くが戦支度のため、いったんおのれの屋敷へもどらざるを得なかった。

もちろん、これも三十郎の計算のうちだった。

主戦派といえども、一度自宅にもどってしまえば、家族から強い反対が出たり、国元を捨てて他藩で戦うということに抵抗をおぼえ、庄内へ向かう気力が失せる者が出ると考えたのである。

――これから向かう先は、勝てるはずのない絶望の世界。おのれの命より譜代の意地が勝る者だけが、ついてくればよいのだ。

三十郎は、そう割り切っていた。

実際、庄内へ向かった村上藩士の数は、驚くほど少なかった。

内藤家の武家はその家族を含めると二千ちかくいるが、三十郎と行動をともにしたのは二百名に届かなかった。しかも、出立に時間差が生まれたことで、庄内へ向かう行列はのびのびになり、まるで落ち武者があてもなく彷徨《ほうこう》するような光景になった。

しかも運の悪いことに、土砂降りの雨が降り出した。なんとも惨《みじ》めな行軍だった。

が、途中、そんな一行を待ちかまえていた男たちがいた。

酒井正太郎ら庄内藩士たちだった。

「早かったな、鳥居殿」

白い歯を見せながら、正太郎がゆっくりと馬で近づいてきた。

事前に三十郎は、茂右衛門を通じて正太郎に家中の事情を話し、ともに庄内藩で戦う許可を得ていた。もちろん、自分の郷土を戦禍から守るために、このような卑怯な手段をとることも、三十郎は正直に吐露した。

だが孤立しつつあった庄内藩にとっては、この時期、一人でも多くの味方が欲しかった。

負け知らずのすさまじい強さを見せる庄内軍であったが、同盟軍側の諸藩が次々と新政府に降伏し、全体として戦争は厳しい局面に立たされはじめていた。

だからこそ正太郎も、庄内藩の首脳部がこの申し入れを快く引き受けると判断し、三十郎率いる脱藩軍を待っていてくれたのである。

――こうして村上藩の主戦派は、酒井正太郎ら率いる庄内軍と合流したのだった。

庄内藩の南端は、出羽国（山形県）と越後国（新潟県）の境でもある。

この羽越国境線は、日本海側から東へ向かって日本国《にほんこく》、芋沢山《いもさわやま》、雷《いかづち》峠といった五百メートルほどの険しい山並みがほぼ一直線に続く。そんな山岳地帯から出羽国側（北）へ一、二キロ内側に入ったところに、山並みと併走するかたちで街道（現在の国道三四五号線）が東西に貫いている。その街道沿いには、日本海側から鼠ヶ関《ねずがせき》、小名部村、関川村などの集落が点在していた。

酒井正太郎は、庄内藩庁から越後国守衛に任じられ、兵二百とともに小名部村と山岳をはさんで反対側にある小俣村にとどまることになった。そして近くの小名部村に駐屯する大島治郎率いる農兵隊や新徴組二百三十名を配下において、村上方向から攻め上ってくる新政府軍を迎え撃つ準備に入った。

三十郎ら脱藩した主戦派村上藩士たちも、そのまま正太郎の指揮下に入った。

ただし、逃亡してきた村上藩士の妻子や年寄りは、さらにその先へと進み、やがて鶴ヶ岡城下に入って庄内藩の保護をうけることになった。

農兵隊を率いる大島治郎は、もともと庄内藩の農民だったが、藩の危機を目の当たりにして居ても立ってもいられず、付近の農民を軍として組織し、敵の侵入してきそうな場所をことごとく調べ上げたうえ、各所に部下を配置するとともに、塹壕や胸壁《きょうへき》をつくって防備態勢をかためていた。

一方、新徴組の隊士たちは、もともとよそ者であった。

将軍徳川家茂が上洛するに先だって、文久二年（一八六二）に庄内藩の清河八郎の献策によって幕府が組織した浪士組が、新徴組のもとになっている。

清河が暗殺された後、浪士組は庄内藩のお預かりとなって新徴組と改名し、江戸の治安を守るのを職務としてきた。もとは浪人や農民などの寄せ集めであったが、北越戦争での歴戦により、精鋭部隊に成長していた。

いずれにせよ、南部国境地帯の内陸部を守っているのは、そのほとんどは庄内藩の正規兵ではなかった。

29

さて、村上に残った藩士と家族たちである。

こちらのほうが、脱藩した藩士たちに比べると、圧倒的多数であった。

敵が間近に迫っているなかで、無抵抗で降伏したとしても、罪を免れる保証はない。それに相手も、極度の緊張感と興奮状態にいるはず。どんな残虐な行動に出てくるのかもわからない。

「恐ろしい……」

そうした気持ちが先立って、村上藩士たちは各自の判断で、官軍の様子をうかがうためにいったん郊外や農村へ落ちのびたり、山中の炭置小屋などに身を潜めた。

このため、八月十一日中に官軍は何の抵抗もうけることなく、ほとんど無人の村上城下へ入り込み、城下を制圧し、さらに焼失した村上城を占拠したのだった。

翌十二日になると、城下町に新政府の兵士らがうろつくようになった。

そんなこともあり、

「新政府の兵たちは、町屋や近在の農家に一軒ずつ入り込んで、乱暴に屋内の落人を調べている。もし見つかれば、厳罰に処せられるそうだ」

という噂が広まり、隠れ潜んでいた村上藩士たちは、さらに遠くへと逃げ落ちていった。

実際、一番乗りした越前藩兵はひどいものであった。侍の屋敷に入り込んで、さんざん略奪行為をはたらいたのである。

ただ、こうした無法状態は、数日で終わりを告げた。

まもなくして新発田に置かれた新政府軍の総督府が、新政府方兵士の狼藉行為を厳しく取り締まったからだ。これにより城下の治安は一気に回復していった。領民たちに対しても、総督府より「城下にもどって日常生活を営むように」との通達が出された。

こうした状況を見たうえで、まずは家老の江坂衛守や重職の石田九蔵らが、進駐してきた新政府方に降伏を申し入れた。そして危害はないことがわかると、隠れていた家老の久永惣右衛門をはじめ、続々と藩士たちが新政府方に投降、その人数は家族も含めて一千六百人にも及んだ。

投降してきた藩士とその家族は、城下の各寺院などにいったん収容され、十六日、新政府軍が進駐している二の丸にある家老の内藤邸に順番に呼び出された。

屋敷の主の内藤鍠吉郎は、三十郎と行動をともにしていたので、この邸宅は新政府軍に接収されたのである。

投降者は屋敷の庭に集められ、一戸ごとに母屋の軒先で禄高や役職、身分などの調査がなされた。

その後、家老の久永惣右衛門と江坂衛守に対し、

「降参してきた村上の男女の処置をおまえたちにゆだねる。一層、勤王に励むように」

と通達した。

こうして降伏した者は、みなその罪を許されることになった。

また村上城下については、故・内藤信民が願ったとおり、戦災をうけずに済んだのである。長岡藩とは、まことに対照的であった。

ただし、予想していたとおり、投降してきた村上藩士のうち、若者や壮年の男たちは、新政府方から刀や鉄砲などを支給され、隣国の庄内攻めの先鋒として三百名近くが動員されることになった。

――八月十七日、城下の桜馬場に再び村上藩士たちが集結した。

三十郎についていかなかった大多数の藩士たちが顔をそろえた。

このおり、久しぶりに久永惣右衛門が家中の前に姿をあらわした。謹慎から二カ月ぶりの政務復帰であった。相変わらず福々しい大藩の殿様のような姿に、村上の人びとは安堵の思いをいだいた。その横には家老の江坂衛守、そしてもう一人、洋装でひげ面のふてぶてしい顔がみえる。

そう、江坂與兵衛である。

最初に言葉を発したのは、家老の惣右衛門ではなく衛守だった。

「われわれは、これから先陣となって庄内を攻撃する。知っているように、相手は強敵だ。しかも、見知った顔があるかもしれぬ。が、決して躊躇《ちゅうちょ》をしてはならぬ。たとえ誰であろうと、天朝様に抗敵する者は賊である。もし少しでもためらえば、我が内藤家に未来はない。そう思え」

と叱咤《しった》した。

敵に降伏した武士たちが、その先鋒となって戦うことは習いであった。それが士道である以上、村上藩士たちにもその覚悟ができていたはずであった。しかし、こんなに早く新政府から武器を供与され、すぐに戦場に向かうことになろうとは、誰も想像だにしていなかった。

だから、改めて衛守から覚悟をうながされると、皆の表情はにわかにこわばった。

兄や弟など親族が三十郎に従って庄内へ走った者も少なくない。

そもそも、村上藩士の多くが、長い年月のなかで、網の目のような血縁関係でつながっていた。そうでなくても、同じ職務をこなし、酒を飲み、語らいあってきた友であった。

(そんな者たちに銃を向け、ためらわずに殺すことができるのか……)

村上藩士たちは、これから起こるであろう悲劇を思って慄然《りつぜん》とした。

そんな空気を敏感に察したのだろう、衛守に続いて叫んだ男がある。

そう與兵衞だ。

「しょぼくれた顔をするんじゃねえ。甘いんだよ、おまえたちは。出ていった奴らは、敵なんだぜ。たとえ、兄だろうが、弟だろうが、そんなこたぁ関係ねぇ。いいか、殺すんだ、向かって来るヤツはすべて倒せ!」

そう叱責した後、

「そして……よく聞け、かならずや敵将、鳥居三十郎の首を取ってくるんだぜ。いいな！」

と叫んだのである。

全員がハッとして、一斉に顔を上げて與兵衛を見た。

その多くが、憎悪に満ちた表情をしていた。

人びとの顔つきを見た與兵衛は、わざと片頬をつり上げ不敵な笑みを見せ、その頬に生えた無精髭を満足そうになでた。

（なぜこの人は、わざとこんな言い方をするのだろう）

衛守は不思議に思って、まじまじとこの叔父の顔を見た。

與兵衛の髭には白髪が交じり、皺が以前より深くなったように思えた。

30

官軍は、村上城下から二手に分かれて庄内藩領へ向かった。

越前藩を主力とする七百三十名は、山通りの出羽街道を北上する進路を選んだ。

いっぽうの備中足守藩を中核とする二百名は、海通りの出羽街道から庄内へ向かう道を進んだ。

新政府に降伏した村上藩兵は、越前藩と行動をともにすることになった。

だが、先に述べたように小名部方面では、酒井正太郎の庄内軍と鳥居三十郎率いる村上藩主戦派が各地に塹壕をつくり、すでに迎撃態勢をととのえて待ちかまえていた。主に庄内兵は高畑というところに陣所をかまえ、脱走村上藩兵は中ノ峰に陣を置いていた。

越前藩とともに村上城から北上していった恭順派村上藩軍は、八月二十三日、荒川と中継川付近で、酒井正太郎率いる庄内藩軍と遭遇し、小競り合いとなった。

しかし、村上藩軍ら新政府方はこれを撃破し、二十五日、さらに小俣村方面へ進んでいった。


――八月二十六日午前十一時ごろ、庄内藩軍は、敵の姿を小俣村に確認した。

相手は武器が豊富なようで、散開しながら盛んに発砲してくる。しかも先鋒の兵士たちはまったく物怖じせずにずんずんと近づいてくる。そう、恭順派村上藩士たちであった。彼らは必死であった。ここで奮戦し、新政府への忠誠心を示すことが重要だったからだ。

だが、これから向かう小俣村、小名部村には、同じ村上藩の同士たちが胸壁を築き、手ぐすねを引いて待っていたのである。

こうして早くも八月二十六日、同士討ちの悲劇が起こってしまった。

偶発的な戦いではあったが、意見の相違から同じ藩が敵味方に分かれて殺し合うのは、村上藩が初めてであった。

意外なことだが、兵力は新政府方七百名に対し、庄内方は千名と、三十郎たちのほうが上回っていた。しかも、庄内藩方には土地勘のある農民が多く参加しており、地の利を得ている。

その結果、劣勢に立った官軍側だが、それでも小俣村では民家を盾にしつつ、強引に前へ進んでいった。

対して庄内藩軍は、十三ヵ所の胸壁から身をさらしている敵を確実にしとめ、その数を減らしていった。

この戦闘では、恭順派村上藩士で三条領の代官をつとめていた牧大助（四十三歳）と関菊太郎（二十六歳）が銃弾をまともにうけてしまった。

牧は即死。関は村上に護送されて手当をうけたが、九月十日になってついに息絶えた。悲惨なことに牧大助は、脱走村上藩士に射殺されたと伝えられる。

ただ、それには訳があった。

牧は「天資豪邁《ごうまい》にして才弁あり。人と論議し苟《いやし》くも屈下せず」（『村上郷土史』）といわれるくらい、剛腹なうえ弁才のある男だった。

たとえば、こんな話がある。

村上城下から三条領へ向かう途中、牧は新潟の関所で幕府の役人にたしなめられた。わずか五人扶持の軽輩なのに、従者に槍を高々とかかげさせ、通過しようとしたからである。通常は槍を横に倒して通るのが礼儀であった。だから不敵な態度をとがめられたのだが、牧は「俺は武士だ。道を行くのに槍をかかげて何が悪い」と開き直って、そのまま押し通ってしまったという。

こんな話もある。

三条領と高崎藩領の一ノ木戸村のちょうど境で、横死者が出た。ところが一ノ木戸村の村民たちがかかわりを嫌い、ひそかに三条領へ移動して放置したのである。

これを知った三条領の町民たちが、代官である牧大助に訴え出た。訴えを取り上げた牧は、すぐに高崎藩に通報してその役人とともに死体を検分することになった。

このとき牧は、「この男、斬り殺されたのではないか」と言ったのである。

だが、すでに死体は腐乱しており、体中にウジ虫がわいて刀傷がわからなかった。

そこで高崎藩の役人が「殺されたという証拠があるのか」と疑問を投げかけると、

「もし刀傷があれば、このウジ虫ども鉄気を帯びるはず」

そう言って、死体にたかるウジ虫を刀の刃先に突き刺し、役人の顔の前にヌッと突き出

して、

「試しに嘗《な》めてごらんあれ」

と告げたのである。

当然、役人は顔を背けた。

すると大助は、今度は刃先を自分の顔の前に持っていき、なんと、そのウジ虫を嘗めたのである。いや、嘗めたふりをしたのだった。

そして、「確かに鉄の味がするぞ」と断言し、「この死体、三条のほうを向いて倒れていたというではないか。しからば、一ノ木戸村の村民たちが追いかけて、この者を殺したのにちがいない」

そう決めつけ、遺体を一ノ木戸村の村民たちに片づけさせたという。

このように牧大助は、長年にわたって、よく民政を裁き、法令にも通じ、能吏として藩政を助けてきた。

つまり恭順派村上藩軍のなかで、最も勇敢で将器をそなえた男、それがこの牧大助だったのだ――。

そんな人物ゆえ、

(この男が斃《たお》れたなら、敵軍は志気をうしない、間違いなく瓦解する)

遠くから牧を見つけた脱走村上藩士たちは、誰もがそう思った。だから、

「牧がいる。牧がいる！」

そう誰かが叫び始めると、他の者たちもこれに和し、「牧を撃て！　牧を撃て！」の大唱和となった。結果、牧大助に集中砲火があびせかけられることになった。

先頭に立って向かってきた牧大助は、激しい銃声のあと、にわかに歩みを止め、胸をおさえて気を失うように膝から崩れ落ちた。その姿を見て、引き金を引いた兵士たちの心も大いに乱れた。そして仲間を殺さねばならぬ運命を呪ったのだった。

こうした大きな犠牲を払いながらも、しかし官軍はなかなか撤収しようとせず、すさまじい撃ち合いが二十六日の夜まで続けられた。恭順派の村上藩士にとっても、お家の存亡がかかっていたので簡単に引くわけにはいかなかったのだ。

だが、やがて兵力の差によって新政府方がじりじりと押され、後退しはじめた。

すると、庄内軍は勝手知ったる山の中へ入りこみ、背後や側面から銃撃したので、ついに官軍は雷村方面へと撤退していった。

この戦いでは、三十郎も前線に出て味方をはげましつつ、自分も戦闘にくわわった。

三十郎の武器は鉄砲ではない。なんと、半弓であった──。

この人の不思議さは、これからは銃砲の時代であることを誰よりも知りながら、刀剣と弓矢をこよなく愛したことであろう。

弓術については、先述のとおり自宅に的場を設けていたほどで、その技倆は神の域に達していた。

最新式のミニエー銃と比較したら射程距離は三分の一程度だが、七十〜八十メートル先であれば、三十郎は確実に相手を仕留めることができた。

この戦いでも、少なくとも三人の敵を倒したという手応えを感じていた。

他人の命を絶つのは初めての経験だったが、飛び道具ゆえにか、人を殺した実感がわいてこなかった。


――小俣・小名部の戦いの三日前、八月二十三日、小名部村の東南に位置する雷村より、

「官軍が食糧と人夫を差し出せと迫っている」

という連絡が入った。

どうやら、雷村の人びとが激しく動揺しているらしい。

酒井正太郎は部隊を分けて、あらかじめ関川口にも守備隊を派遣していた。

そこで守備隊の土屋新三郎ら率いる庄内兵二十数名が雷村へ向かい、村の対岸に胸壁をつくり、斥候《せっこう》を出して雷村や山熊田村を偵察した。その斥候のなかに、村上藩士二名が混じっていた。脱走村上藩士が完全に庄内兵と一体化していることがわかるだろう。

そして二十八日夜、土屋新三郎は守備隊を引き連れ、山熊田村と雷村の中間の大日峠に

駐屯する官軍に、三方から奇襲をかけた。

このとき番兵数名がたき火をしていたが、彼らは敵襲に仰天して小屋に飛びこみ、中から激しい銃撃を加えてきた。そこで新三郎の部隊は、応戦しつつ突進して小屋へ飛びこむと、敵は右往左往して逃げ散った。

このとき新三郎が刀をかかげて合図すると、西の山に伏していた兵士たちが駆け下りてきた。脱走村上藩兵で構成された部隊であった。こうした村上藩士の働きもあって、ついに敵から雷村を守ることができたのである。

だが、その場に鳥居三十郎はいなかった。

これより前、三十郎ら脱走村上藩軍主力は、日本海に面する国境西端の鼠ヶ関方面に配置されていたのだ。

31

鼠ヶ関という場所は、越後国（新潟県）と出羽国（山形県）の境目に位置する地域で、その地名は古代から知られている。白河関、勿来《なこそ》関と並んで朝廷の関所が置かれ、あわせて奥羽三関と呼ばれたからである。

近くには、鼠ヶ関川河口に開けた鼠ヶ関港がある。

弁天島やミカノ島などいくつもの小島に囲まれた良港ゆえ、江戸時代には北前船の寄港地として栄えていた。この港には、あの源義経が弁慶らとともに舟で上陸して奥州へ向かったとする伝説も残っている。

室町時代に成立した『義経記』は、有名な勧進帳の場面は安宅関ではなく、この鼠ヶ関（念珠ヶ関）を通過するさいの出来事だとしている。

いずれにせよ、鼠ヶ関は庄内藩にとって、藩領の南端を守る極めて大事な防衛拠点であった。

以後、庄内藩が敗北するまでの一月近く、鳥居三十郎はここを拠点に、戦いの指揮をとることになった。

すでに鼠ヶ関は、庄内藩によって要塞と化していた。

陣地の構築がはじまったのは、七月末のことである。

庄内藩は、軍学師範の中村三内《さんない》に現地を巡察させ、結果、三内は三瀬《さんぜ》などの三ヵ所に砲台の設置を決め、さっそく周辺の村々から人夫を集めて突貫作業で堡塁《ほうるい》の工事を開始した。

すると官軍は、この動きを把握したようで、ちょうど鳥居三十郎たちが村上城下から撤退した八月十一日、蒸気船を鼠ヶ関の沖合に派遣し、いきなり艦砲射撃をおこなったのである。

鼠ヶ関守備隊もすぐに大砲で応戦し、そのうち一発が船体にたまたま命中した。船は黒煙をはきながら走り去っていったが、敵が放った砲弾は、簡単に関をこえて裏山に何発も着弾したという。

現在も瑞芳院には、このとき大木に当たったとされる砲弾が現存している。

いずれにせよ、こうした敵の反応によって、庄内藩は、鼠ヶ関関門と港を官軍がいかに重視しているかという事実を認識することができた。

そこで次々と鼠ヶ関へ兵をおくりこみ、要塞化を急いだのだった。

まずは砲撃のあった八月十一日、中村次郎兵衛率いる百二十名が鼠ヶ関に到着した。

次郎兵衛は、「鬼」とあだ名された勇将であった。

あだ名がついたのは、そのわずか五日前の八月六日のことだった。

中村隊は、官軍が大軍で北上してきたため、新潟方面から米沢へ撤退するよう命じられたが、ただで逃げるのは面白くない。そう考えた次郎兵衛は、同じ経路で引き上げていた米沢藩兵と村上藩兵を誘い、途上、敵に寝返った新発田藩領の中条陣地を陥落させようと思い立ったのである。

そして、自らが先陣を切って襲いかかり、股ぐらに弾丸をうけながらも、ひるまずに敵陣へ突入した。さらに逃げる新発田の兵を次々と斬り倒し、ついに陣地を陥落させたのち、そのまま米沢を経て鼠ヶ関にやって来たのである。

なんとも、心強い部隊の到着であった。

同じく、新潟で奮戦していた榊原十兵衛政敏も、八月二十二日に大砲隊を率いて鼠ヶ関へやって来た。

この十兵衛の経歴は、非常に変わっている。

このとき三十七歳。四百五十石の榊原隼人の長男として生まれ、若いころは田宮流槍術の達人だった。ところが五月からはじまった長岡戦争では、どういうわけか庄内軍の大砲隊長を命ぜられ、主将石原多門のもとで戦うことになった。

大砲隊長といっても、けっして専門家ではなかった。しかしこの十兵衛、何事も極めなくては気の済まない質《たち》であった。

だから大砲のカラクリについて、さまざまな専門書を片っ端から取り寄せては、戦闘中であっても頁をくり、熱心に研究に取り組んだ。その結果、わずか数カ月のあいだで、藩随一の砲術専門家になってしまったのである。

だから鼠ヶ関に赴任すると、構築がはじまったばかりの砲台を視察し、中村三内の許可を得たうえで、人夫たちを指揮して砲眼をそなえた屋根を持つ、立派な砲塁をいくつも短期間で創り上げてしまった。

しかし十兵衛の本当の真価は、実戦において発揮された。

戦いの最中、危険をかえりみず各砲台をまわり、着弾する弾を視認し、その大砲の癖をたちまちに見抜き、砲兵に細かい指示を出していった。すると不思議なことに、十兵衛の助言に従って弾を放つと、なぜか敵陣への命中度が格段に上がった。結果、砲兵たちはこの大砲隊長に全幅の信頼を置くようになった。

ちなみに十兵衛は戊辰戦争では死なず、維新後、奇想天外な人生を送った。

職を失った庄内士族のために旧藩領松ヶ岡の開墾に着手し、各所から多くの桑の苗を取り寄せ、切り開いた松ヶ岡に広大な桑畑をつくった。さらに、部下とともに福島県伊達郡や群馬県佐位郡へ留学して養蚕技術を習得し、明治八年から養蚕をはじめる。凝り性は相変わらずで、養蚕研究が高じて、ついには『蚕の友』や『蚕の夜話』という養蚕についての小冊子を刊行するまでになった。

その後、第六十七国立銀行の創設にかかわり、副頭取にのぼった。同時期に鶴ヶ岡城下の郊外（新斎部村）に工場をつくり、明治十三年から鶴岡盛産社を創立し、大規模な製糸製造業と桑の栽培を展開する。

ただ、どうしたわけか、十兵衛の興味は製塩に移り、イタリアの製塩技術を導入して大々的に製塩事業をはじめたのである。

その後は、酒造業に乗り出し、鶴泉社を立ち上げて清酒のみならず葡萄酒づくりにまで挑戦している。まだある。晩年はなんと、海運事業に乗り出したのである。まさに、異常な凝り性、万能の天才だったわけだ。そんな男が鼠ヶ関にいたのは、庄内藩にとってまことに幸福なことだったといえる。

32

八月の後半、長岡で戦ってきた石原多聞、石沢清兵衛らが着任した。

これに農兵や町兵が加わり、鼠ヶ関口には、千名近い歴戦の兵たちが集結したのだった。

だが、短期間に強化された鼠ヶ関を攻略するため、八月二十六日、中浜に数百名の官軍が現れ、奪った漁舟に砂を盛って胸壁となし、銃撃や砲撃を仕掛けてきた。

このとき庄内の鼠ヶ関守備隊は、兵を山手と浜手に分けて防戦につとめた。

浜手を担当した大砲隊長・榊原十兵衛は、惜しみなく砲弾を放ち、的確に中浜へ着弾させていった。

だが、敵もさるもので、なかなか引こうとはせず、激しい戦闘が鼠喰岩《ねずみかじりいわ》あたりでしばらく続いた。残念ながら鼠喰岩は、現在残っていない。国道を整備するさいこの岩は大きく削り取られ、もとの姿を変えてしまった。伝承によれば、鼠が食い荒らしたような穴があちこちに空いた巨岩であったそうだ。この奇岩が、庄内藩にとって関と港を守る最前線であった。

一方、山手を担当した庄内藩の鼠ヶ関守備隊は、中浜の東方にあたる枝村に火を放ち、敵が驚いたところで一気に突撃をかけて駆逐しようという作戦を立てた。

この戦略を兵士たちに告げたところ、興屋村の番人をしている音吉が火付け役に名乗りをあげ、たった一人で山林を抜けて村まで行き、平然と火を放ったのである。

火の手があがったのを確認すると、鼠ヶ関守備隊は、鬨《とき》の声を上げて一斉に敵軍へ向かって突進していった。

戦意をくじかれた新政府の兵士たちは、ちりぢりに逃げていった。


鳥居三十郎ら村上の主力部隊が鼠ヶ関に到着したのは、その翌日の八月二十七日のことであった。

三条方面や遠方に出陣していた村上藩士たちも、主戦派が庄内へ向かったことを知ると、次々と庄内領にやって来て、鼠ヶ関における脱走村上隊士は、百名にふくれあがった。

三十郎が着陣して目をみはったのは、鼠ヶ関の砦が武装した農民や町人たちであふれていたことだった。

お国を守るためにこれだけ多数の領民が立ち上がり、武士とともに武器をたずさえて混在している光景は、三十郎にとって驚がく以外のなにものでもなかった。庄内藩士たちも、彼らを同志としてまったく対等に扱っている。

聞くところによれば、庄内藩の全兵士四千五百名のうち、なんと、二千名以上が農民や町人だというではないか！

しかも、彼らの参加は強制ではなく、多くが自発的なものであるという。殿様のために、これほど多くの領民が、勝てる望みもうすい戦に、大敵をはばむべく命を投げ出す覚悟で集まっている。

（内藤家では、到底考えられないことだ……）

三十郎は、なんとも複雑な心境になった。


じつはつい最近も、こんなことがあった。

主戦派の藩士たちが雨に打たれ、てんでんバラバラになって庄内方面へ向かっていたとき、途上にある板屋沢の庄屋が、村上藩士とその家族たちを粗末にあつかい、滞在をこばんだのである。

話はそれで終わらない。

その後偶然にも、庄屋の息子が顔見知りの主戦派村上藩士たちに見つかり、身柄を拘束されたのである。

これまで村上藩から厚恩《こうおん》をうけてきたのに、自分たちに冷酷な仕打ちをした庄屋に対し、主戦派はみな、歯ぎしりをしてくやしがっていた。それゆえ、「お前は、敵の密偵だろう！」、そうののしりながら、村上藩士たちは報復としてその息子に、徹底的に拷問を加えたのだ。

だが、そんな激しい責め苦をうけながら、ついにその者は一言も発しなかった。そのしぶとさに感服した三十郎は、その場で彼を無罪放免にしてやった。

――この一事が、まさに村上藩内藤家における侍衆と領民の関係を物語っている。

おそらく板屋沢の庄屋は、日ごろから藩の圧政に苦しんでいたのだろう。あるいは、傲慢な藩士たちを憎んでいたのかもしれない。

いくら新政府に敵対する武士だからといって、人の情として、懐に入ろうとする窮鳥《きゅうちょう》はむげに拒んだりしないものだ。それを平然とできたところに、日ごろの村上藩における武士と領民の関係が見て取れる。

また、ひどい態度をとられたからといって、その息子を拷問するほどに激しく怒る村上藩士。つまり彼らは、領民が自分たちを助けるのは当然だと考えているのだ。

信頼関係ではなく、単なる上下関係――それゆえ、この秩序が戦乱で揺らいだとたん、その関係性はあっけなく崩壊したのである。

さらにつけ加えておく。

終戦後、主戦派の脱走村上藩士たちが庄内から戻ってくると知った例の庄屋は、なんと、

「彼らが必ずや自分にひどい報復をするだろう」と恐れおののき、みずから命を絶ってしまった。

そんなふうだったから、三十郎にとって、武士と領民がともに協力しあって戦っている現実を受け入れがたかったし、嫌悪の情さえわき上がってきた。

鼠ヶ関に着いた翌日、三十郎は、自分を兄のように慕っていた島田鉄彌が、この戦いで負傷し、自裁したとの連絡をうけた。

じつは鉄彌は、一足先に鼠ヶ関に来ていた。これから着陣する村上藩士たちのため、宿泊先の手配をしていたのだ。そこに昨二十六日の敵襲があり、急きょ戦いに参加したのだという。

(鉄彌が死んだのか……)

その一報に心が揺れたものの、報告をうけながらも食事の手をとめない自分に、三十郎は愕然とした。短期間に多くの人間の死を見過ぎて、心が麻痺していることに改めて気がついたのである。脱走からわずか半月のことであった。

ところが幸いなことに、鉄彌は死んでいなかった。

砲弾が近くに落下して吹き飛ばされ、腹部に怪我を負って気を失っていたのだ。それがまるで自裁したように見えたらしい。まもなく鉄彌は蘇生し、腹の傷も出血の多さに比して命にかかわるものではなかった。

その後三十郎は、庄内軍の求めに応じて部隊を二つに分け、うち一隊を番頭《ばんがしら》の島田丹治にあずけ、大砲五門とともに榊原十兵衛の隊に付属させた。

十兵衛の日記を見ると、「此《この》島田ハ、彼藩ノ勇将ト聞シ、越後以来親敷《したしく》セシ人ナリ」とある。じつは十兵衛と丹治は、長岡攻略戦でともに戦った旧知の間柄、というより戦友であった。そのあたりを見越して、三十郎は丹治を榊原隊と合流させたのである。

ここからわかるように、鳥居三十郎は、村上藩内藤家というものにこだわることをやめた。郷に入れば郷に従うで、守備隊と一体化することを優先させたのである。

たった半月のうちに、三十郎の意識は、村上藩という枠組を超越しはじめたようだ。

33

――九月一日、新政府軍はさらに兵力を増強したうえで、ふたたび岩崎から中浜まで進撃してきた。越前・加賀・土佐・薩摩・新発田・富山などの諸藩が、あわせて十門の大砲を三方からさかんにぶっ放してきたのである。前回の戦いで突破できなかった鼠ヶ関の要塞を何としても打ち破らんとする意気に燃えていた。

この戦いでは、大砲一門につき、百五十発の砲弾が放たれたと伝えられる。歴戦の庄内藩士たちでさえ、これまで経験したことのないほどのすさまじい敵の砲撃であった。

とくに最前線の鼠喰岩の砲台には、敵の砲弾が集中した。ところが三十郎は、藩士たちが反対するのもきかず、鼠喰岩までやって来てしまった。

現地に着くと、頭の上をシュルシュルといやな音を立てながら砲弾が越えていく。砲撃戦の経験が浅い三十郎にとっては、驚き以外の何ものでもなかった。

「ご家老!」

村上隊を率いて鼠喰岩を守っていた青砥釼太郎がそう叫んで目を丸くした。それはそうだろう。一藩の家老が最前線まで出向くなどふつうあり得ないし、あまりにうかつすぎる。そこで釼太郎がたしなめようと口を開きかけたとき、三十郎はそれを手で制し、

「私も戦いたいのだよ。おまえたちとな」

そう言って笑った。

前線に三十郎が現れたことで、村上藩兵の志気がみるみる上がった。

だが、敵の砲撃はますます激しくなり、さらには敵の歩兵が一帯に広がる綿畑や草むらに身を伏せつつ散開し、いっせいに銃を放って前進してきたのである。味方は必死に応戦

するも、相手の物量にはとてもかなわず、その歩みを止めることができないでいた。距離は急速にちぢまり、わずか一町（約百九メートル）にまで迫ってきた。このまま倍する敵軍が突撃をかけてきたら、まちがいなく鼠喰岩を奪取されてしまうだろう。まさに危機的状況になったのである。

しかも次の瞬間、三発の砲弾がほぼ同時に鼠喰岩付近に着弾した。耳をつんざくような爆音がとどろいたと思うより早く、地ひびきが襲った。

うち一発が三十郎の近くに落ち、破裂の衝撃で砂や小石が三十郎の顔面を打ちつけ、あちこちから血が噴き出した。

つむった目をあけると、もうもうたる砂ぼこりが薄れ、前方に三人の戦士たちが倒れていた。一人はまったく動かなかった。おそらく死んだのだろう。

あと少し手前に落下していたら、あるいは三十郎も命を失っていたかもしれぬ。

しかしこのとき三十郎は、

（戦場での生き死には、しょせん偶然の巡り合わせ）

まるで天啓のようにひらめいたのである。

多くの兵士たちも、おそらくその真理にはうすうす気がついていたはずだ。けれどそれではあまりに無情すぎる。だから彼らは、自分が生き残った理由を何かに求めようと、時間があれば近くの寺社に出向き、あるいは路傍の石仏に加護を祈った。

（でも、ほんとうは理由なんてないんだ）

そう悟った瞬間、三十郎は生死というものからおのれの意識が離れた気がした。

そして、飛び交う砲弾に味方が身をすくめているなか、いきなりスックと立ち上がったのである。

（あ、何を！）

近くにいた誰もが驚いた。

真っ赤な陣羽織は、敵陣からも鮮やかに見えた。

三十郎は今の砲撃で倒れた兵士の一人に歩み寄ると、声をかけて右手を差し出した。それは、農兵の熊蔵だった。肩から血が流れている。

自分を救いに来た人物をみて、熊蔵は目を丸くした。村上藩のご家老様だったからだ。さすがに気がひけ、その手をにぎることをためらった。

すると三十郎は熊蔵の目の前に手を伸ばし、

「友よ」

と言ってほほえんだのである。その笑みにつられて熊蔵が手を出すと、三十郎はそれを強くにぎって引き起こした。

三十郎の助けで熊蔵が立ちあがると、すぐに仲間たちが来て、彼を後方へ連れて行った。

しかし三十郎は、その場から身をひこうとせず、まっすぐ迫り来る敵をにらみすえた。

「ヤツを撃て！」

三十郎の服装は一軍の将としてふさわしかったから、いわれなくても多くの敵兵が、三十郎に照準をあわせて引き金を引きはじめた。

ピシッ、ピシッと三十郎の近くで弾がはじけた。しかし、三十郎はまったく逡巡する気色も見せず、背負った矢筒から一本の鏑矢を取り出し、ギリギリと弦を引きしぼり、天に向かって矢を放ったのである。

「ブォー」

というすさまじい高音があたりに響きわたった。

敵も味方も一斉に攻撃の手を止め、赤い陣羽織の若者に目を向けた。

すると三十郎は腰に差した軍配を高々とかかげ、一呼吸おいてから、「かかれ！」と叫んだのだ。

そして、敵弾が飛び来るなか、みずから前進をはじめたのである。

「大将を死なすな！」

その勇姿に感激した村上藩兵、さらには庄内藩の兵士たちが、大音声を上げながら、三十郎に従って前進をはじめたのである。

この動きをみて、新政府の兵士たちは大いにたじろいだ。

こうした味方の進軍を支援すべく、庄内の砲兵隊は次々と砲弾を放った。庄内方の火力は、新政府に比較するとかなり貧弱ではあったが、こちらには、榊原十兵衛という砲術の天才がいた。

そのため、鼠ヶ関守備隊の砲弾は正確に敵陣に着弾していった。

「お、おい、いま砲弾が曲がってこっちに向かってきたぞ！」

敵兵の一人がおびえて叫んだ。それは単なる錯覚だったが、これを聞いた者が、

「あれは、アームストロング砲にちがいない」

と大声で言い、これに動揺した官軍は、前進を止めてしまったのである。

この戦で守備隊は、大きく二つに軍を分けていた。三十郎ら浜手（海岸沿い）の軍勢が敵の猛攻に耐え続けるなか、山の手（山中）では戦いを有利にすすめて高台を確保し、そこから官軍へ砲撃が可能になった。こうして形勢が次第に逆転しはじめた。とくに熊蔵など農兵のねばりがこの状況を生んだといえる。

この戦いの中で、農民からも狙撃の名手が出ている。

八右衛門という農兵は、大胆にも田んぼの稲の中を這って敵の近くまで進み、ねらいを定めて三人の敵兵を射殺したのだ。自分も足を撃たれてもどってきたが、「大元気ニテ弱レル色見エス、皆、感心セリ」（『戊辰庄内戦争録巻之三』）とある。

結果、新政府軍は、多数の戦死者と負傷者を出し、七ツ半（午後四時）になるとまたも

鼠ヶ関を陥落させられぬまま撤退していったのである。

この戦いでは、百名近くの脱走村上藩士が戦闘に参加した。そしてさいわい、一人の犠牲者も出なかった。

三十郎は陣中日誌を残しているが、この戦いを次のように記録している。

「暁《あかつき》八ッ半頃（午前二時過ぎ）より山之手炮発《ほうはつ》相始り、五ッ半過（午前八時過ぎ）より浜手之方えも押寄せ鼠喰岩にて防禦《ぼうぎょ》、賊徒中浜辺より手前の方え押詰め、山之手えも追々相廻《まわ》る。賊、大炮中浜大蔵脇より三ヶ所にて打出し、夕七ッ時（午後四時）頃より追々引色に相成、七ッ半頃（午後五時）賊敗走に相成り候に付、鼠喰岩之方より追討《おいうち》、下村一馬、佐藤龍作、賊之首級を得候。分捕《ぶんどり》左の通。暮合《くれあい》戦争相済《あいすみ》、味方都而《すべて》勝利」

さらに三十郎は、配下で戦った勇者たちの名を一人ひとり日誌に刻みつけた。

そんな百名のうち栄太郎、平吉、忠平、八太郎、捨蔵、寅次郎の六名だけ、名字が記されていない。そう、彼らは士分ではないのだ。おそらく農民か町人であろう。そんな人びとが村上藩内藤家の部隊に混じるなど、ほんの一月前なら村上藩士たちは思いもしなかったろう。

ちなみに三十郎は、その六名の肩書きを「有志」と記している。志を有する者というその字面から、三十郎の心境の変化が読み解ける。

鳥居三十郎は領民を守りたいと思って、村上城から主戦派だけを離脱させた。

（でも、そうではなかったのだ）

三十郎は悟った。彼らは守るべき存在などではなくて、共に協力しあって戦うことのできた同志だったのである。

この鼠ヶ関の地に来てはじめて三十郎は、いや、ほかの村上藩士たちも、それをはっきり理解したのだった。

（彼らは私たち以上に勇敢で、しぶとく、強い存在だった。なぜ、それに早く気がつかなかったのだろう）

こうして鳥居三十郎の視界は、一月前と比べて大きく開かれたのである。

34

鼠ヶ関が破られたら、庄内藩にとっては一大事である。

そこで、九月一日の情報が鶴ヶ岡城下に伝えられるや、藩庁の指示により、武装した町人や農民たちが続々と鼠ヶ関へと駆けつけてきた。

農民と町人であふれる戦場を見ても、三十郎はもう驚かなくなっていた。

ところで、庄内藩における武士と領民との強いきずなだが、一つは、藩主酒井氏と領民の関係の古さにあった。

元和八年（一六二二）に酒井忠勝が藩主になって以来、二百五十年近くにわたって酒井氏はこの庄内の地を支配していた。

いわば、領民にとって酒井氏は、「おらが殿様」なのである。

だが、それをいうなら、会津藩とて同じであろう。

藩祖・保科正之が会津を領したのは寛永二十年（一六四三）のことだ。しかも、会津藩も庄内藩同様、戊辰戦争では農兵隊を組織していた。しかし領民全体としては、殿様に対し極めて冷淡だった。たとえば鶴ヶ城（若松城）が官軍の総攻撃をうけているとき、会津の農民たちの中には、弁当を食いながら戦いを見物している者がいたという。

この違いは、藩の政治にあった。

会津藩が領民に重税をかけたのに対し、庄内藩は昔から善政をほどこし、重い税をかけないなど、領民を大切に扱ってきた。

ただ、そうした政治ができたのには、じつはワケがあった。

領内酒田の豪商で大地主の本間家の支援が大きかったのだ。酒田の本間家は、その財力でたびたび庄内藩の財政を救い、領民たちの生活も助けてきた。

「本間様には及びもせぬが、せめてなりたや殿様に」

という言葉が残るほどだ。

つまり庄内藩の政治は、豪商で大地主がいるおかげで安定してきたわけで、当然その事実は、庄内藩士もよく理解していた。だからこそ、農民や商人に対する偏見というものが、庄内藩士たちには薄かったのである。

酒井氏と庄内の領民の関係についてさらに言えば、三十年前、こんな出来事があった。幕府は酒井氏に対し、「越後国長岡へ転封せよ」という命令を下した。

すると領民たちは酒井氏を慕うあまり、転封を阻止しようと大規模な一揆を起こしたのである。殿様にいてほしいからと、一揆が組織されたのは、まさに前代未聞のことであった。

とはいえ、幕府の命令は絶対ゆえ、庄内藩は仕方なく領地替えの準備に入った。

が、領民たちはそれに納得せず、翌年正月から、領内の農民が数十名ずつ徒党を組んでは江戸へ出府し、老中の水野忠邦をはじめ、幕府の閣僚たちの登城を待ち受け、転封中止の嘆願書を差し出すといった直訴が相次いだのだ。

庄内藩では、こうした領民の行為を強く制止したが、その勢いは一向におさまらず、むしろ次第に激しさを増していった。この執拗な庄内農民たちの運動におされ、天保十二年（一八四一）七月、なんと幕府は、酒井氏の領地替えを撤回したのである。

一度出された幕府の転封命令が、農民の反対によって引っ込められたのは、これがはじめてのことであった。
決定を知った農民たちは、
「天を拝し、地に謝し、嬉しさ極りて哭泣する者あり。山間僻遠の村落といえども、即日快報を聞かざる者なく、直に酒餅を供へて神仏に奉斎し、隣保会合して連日の祝宴を挙げ、皆ともに御代万歳を唱へたり。中にも富裕なる者は、酒餅赤飯等を道行く人々にあまねく接待して、前代未聞の殷賑を極めたり」(『天保快挙録』)
というように、躍り上がって喜んだという。

鼠ヶ関を攻めあぐんだ官軍は、この地の攻略をあきらめた。しかし、南部藩境線の突破と庄内領への侵攻はあきらめなかった。だから今度は、出羽街道沿いにある関川村に大軍を投入し、この村を奪い取って庄内侵攻の拠点にしようと、兵力の集中をはかったのである。

先述のとおり、越後と出羽の国境がそのまま庄内藩の藩境でもあり、四、五百メートルの山がいくつもつらなり、国境に並行して街道が東西に走っている。その海側(西)が鼠ヶ関、内陸部に入って小名部、さらに奥にいくと関川村に続いていた。

この三ヵ所を突破されると、新政府軍が庄内藩の領内になだれ込んでくることになる。

だから関川村は庄内藩も重視し、すでに関川村と雷村の間には塹壕がいくつも造られ、柴田茂左衛門を隊長とする脱走村上藩部隊三十名も、ここの警備にまわされていた。

九月以降、新政府軍が関川村をねらっていると察知すると、さらに庄内藩は山熊田村方面からやって来る敵を食い止めるため、村上藩の浅井土左衛門隊四十名を雷峠に配置し、ここで官軍を迎撃させることにした。

庄内藩兵もすぐに応援に駆けつけることになっていたが、うまく連携が取れず、結局、峠を守る浅井隊は新政府の大軍に囲まれてしまった。戦いでは浅井隊の梅沢喜三郎が銃撃されて重傷を負い、峠を下ろうとした隊長の土左衛門も敵に囲まれて捕虜となった。が、あくまで降伏を拒否したため、土左衛門はその場で斬り殺されたという。

なお、十六歳の梅沢喜三郎は、足を撃たれて歩行が困難となり、剣の達人だった篠田甫作に介錯を願った。おそらく敵に見つかればなぶり殺しになる。そう判断した甫作は、一刀で少年の首を落としたという。

結果、関川村に続々と敵が侵入し、九月十一日には占領されてしまったのである。

庄内藩領で新政府に奪われたのは、この村だけだったので、庄内藩はたびたび奪還を試みた。

早くも翌十二日には、越沢と小名部の二方向からの侵入をはかったが失敗。九月十六日にも山の中の細道をたどって関川村へ入ろうとしたが、逆に敵の反撃にあい、攻撃に参加した脱走村上藩士の八幡万里之助は敵弾をうけた。にもかかわらず、万里之助は頑として退却せず、そのまま前進を続けてさらなる銃弾を浴びて命を落とすという壮絶な最期をとげた。万里之助は足軽身分であったが、村上武士の勇猛さを示して戦場に散ったのだった。三十一歳であった。このとき、佐藤文吾も戦死している。まだ二十五歳の剣術が好きな好青年であった。

このように関川の戦いでは大きな犠牲が払われたが、庄内藩はそれでもこりず、二十日にも戦いを仕かけた。が、結局、関川村を奪い返すことはできなかったのである。

ただ、戦いによって敵に奪われたのは、この村ただ一つであった。庄内藩は新政府の大軍を引きつけて一歩も引かず、領内への侵入を許さなかったのである。驚くべき強靱さといえた。

しかし九月に入ると、米沢藩、仙台藩、会津藩など、同盟諸藩はいずれも降伏していき、新政府に敵対し続けている藩は唯一、庄内藩だけとなった。

――もう絶望的なのは、誰が見ても明らかであった。

このため、すでに九月五日に新政府に屈伏していた米沢藩の勧めに従って、庄内藩でもついに降伏を決めたのである。

35

九月十九日、鶴岡にいる村上藩大目付の近藤幸次郎から「お伝えしたき儀がございますれば、ただちに鶴岡におもどりいただきたい」という急報が来た。

三十郎には、それがどんな内容なのか、すでに見当がついていた。

急いで身支度をととのえ、鼠ヶ関を発って温海《あつみ》へ行き、そこから進んで五十川《いらがわ》の水谷孫平治の陣をたずね、そこで食事をとりつつ歓談したあと、大波渡《おおはと》から船に乗った。そして三瀬から上陸し、翌二十日の夜に鶴ヶ岡城下に到着したのだった。

すると、来着を待ちかまえていた幸次郎がすぐにやって来て、庄内藩の首脳部がどうやら新政府への降伏を決めたらしいと告げた。

わかっていたとはいえ、その情報に接してしまうと、さすがに暗澹たる気持ちになった。

村上城下を去ってからわずか一月余り、まことに短い期間であったが、たびたび敵軍を撃退し、三十郎にとっては極めて充実した日々であった。できればこの日々がいま少し続き、攻めあぐねた官軍が藩境から全面撤退する奇跡を起こしてみたかった。だが、現実はそんなに甘くはなかった。

しかしながら、他国の武士や領民と力を合わせ、生死をともにできたことは、これまでの三十郎の世界観を大きく変えてくれた。すぐ隣に住む庄内の藩士たちが、いかに我が家中と違う思考を有しているかを知り、おのれの住む世界の狭さを身にしみて感じることもできた。

まさに得難い貴重な体験だった――。

翌二十一日、鳥居三十郎は庄内藩主の酒井忠篤《ただずみ》に会うべく、家老の脇田蔵人を同道して鶴ヶ岡城へ出向いたが、剣術稽古の最中とのことで、残念ながら対面はかなわなかった。このため、重役の松平権十郎にも面会をもとめたが、これもまた多用とのことで、代わって庄内藩第二大隊の参謀・本多安之助が応対し、三十郎たちに仙台藩や米沢藩など、同盟軍諸藩の様子をくわしく語ってくれた。

――翌二十二日、鳥居三十郎はようやく庄内藩主との対面がかなった。

忠篤はまだ十六歳の少年だったが、三十郎に対し、村上藩士のこれまでの協力に深い感謝の意をあらわしてくれた。そのとなりには、あどけない少年が座っている。次の村上藩主となる忠篤の弟で、十二歳の禎吉郎であった。

三十郎が忠篤の言葉に厚く礼を述べると、

「しかしその方ら、行き場があるまい。どうだ、酒井家の臣にならぬか」

とすすめてくれた。

「もったいない」

そう返答して平伏した三十郎は、思わず胸が熱くなって嗚咽がもれそうになり、歯を食いしばって、どうにか声がもれるのをこらえた。

亡き内藤信民の姿を、忠篤公に重ねてしまったのである。

(もし主君信民が健在であれば、きっとこんなふうに、自分たちにねぎらいの言葉をかけてくれただろうに……)

そう思ったら、泣けてきた。

庄内藩の意思を確かめたので、九月二十三日から翌日にかけて、三十郎は各地に散らばって戦っている村上藩の重役たちを、急ぎ鶴ヶ岡城下に呼びもどした。そして、庄内藩の決定を知らせ、脱走村上藩士の今後のあり方について話し合いをもった。

三十郎たち村上藩主戦派は、村上の地で降伏するを潔しとせず、武士の一分を貫くため、他藩に赴いてまで新政府に抵抗する道を選んだ。そして、思う存分に戦って新政府に自分たちの力を誇示できたので、いずれもその結果には満足していた。

だがここに、庄内藩は、新政府に対して白旗を上げた。こうして負けたいまとなっては、脱走村上藩士たちは、賊の汚名はまぬがれないし、そうした者たちを容認した内藤家の責任も問われるだろう。つまり三十郎たちの行為は村上藩内藤家にとって万死に値した。

（もとより、この身はどうなってもかまわない）

三十郎をはじめ、藩の重職たちの気持ちは同じだった。いまなすべきことは、自分たちの存在が村上藩の処分に影響するのを最小限にとどめることであった。

聞けば、近く庄内藩は、新政府に謝罪嘆願の使者を立てるという。

「ならば我が内藤家も――」

そう決まった。

翌二十五日、三十郎は村上藩を代表して、大目付の近藤幸次郎を連れて早駕籠で官軍が駐留している清川村へと向かった。途中、大雨に降られてさんざんだったが、七ツ時にはどうにか村に到着することができた。

同地では米沢藩士の市川宮内と会い、村上藩の謝罪願について周旋を依頼したところ、親切にも市川は、米沢藩の嘆願書の下書きを見せてくれたのだ。いまは新政府方になったとはいえ、わずか半月前までは友軍であったので、市川の対応は懇切丁寧であった。

翌九月二十六日早朝、三十郎は、清川村から船に乗って今度は大田村に上陸、庄内藩の中村治部兵衛に依頼して米沢藩の参謀斎藤主計との面会の手筈《てはず》を調えてもらった。そして、作成した村上藩の嘆願書案を差し出し、新政府軍の北陸道鎮撫総督参謀である黒田清隆に取り次いでくれるよう懇願した。

謝罪案文を一読した斎藤は、

「文章はこれでよかろう。明日、鶴岡で正式な書面を新政府軍に差し出しなされ。受け取ってもらえるはずだ」

と太鼓判を押してくれた。

翌二十七日は、庄内藩にとっては運命の日といえた。

この日、新政府軍が城下に進駐してくる。一方、庄内藩主の酒井忠篤は正式に新政府に下り、鶴ヶ岡城を立ち去る日だからである。

他藩とは異なり、庄内軍は驚くべき強さを見せ、戦いではほとんど無敗であり続けた。なのに、同盟諸藩がすべて瓦解したことで勝利は絶望的となり、敵に屈するしかなくなったのだ。

（さぞかしご無念であろう）

三十郎は忠篤や共に戦った庄内の人々の胸の内を察した。

いずれにせよ、この日をもって、庄内藩の戊辰戦争は、終わりを告げたのである。

これから茨の道が待っているだろう。しかしそれは、村上藩主戦派とても同様であった。

この日、鳥居三十郎も大目付の広瀬隼太を同道して謝罪嘆願書を持参して新政府軍が陣取る致道館（庄内藩の藩校）へ出向いた。そして、昨日会った斎藤主計にふたたび面会して、書面を提出したのだった。

斎藤は受け取りのさい、薩摩の黒田清隆に渡すと明言してくれた。

同日、鼠ヶ関の庄内守備隊にも降伏の事実が伝えられ、夜を徹して鶴岡への引き上げがはじまった。


村上藩士たちが窮ヶ鼠から帰ってきた。

三十郎は戻ってきた彼らを重臣たちとともに出迎え、一人ひとりにねぎらいの言葉をかけた。もう季節は秋ではあったが、兵士たちはよく日焼けし、そのうえほこりやちりがついて顔が真っ黒だった。そんな彼らを一堂に集め、三十郎は目を細めて言った。

「皆の者、よく戦ってくれた。礼を言う。ありがとう」

そう深々と頭を下げたあと、

「われらは勝った。あの薩長を追い返したのだ」

はばかることなく三十郎はそう明言した。

この言葉を聞くと兵士たちの瞳が大きく輝き、真っ黒い顔から真っ白い歯がこぼれ出た。

三十郎も満面に笑みを浮かべながら、ゆっくり右の拳を前へ突き出した。そして、

「ゆえに、これより勝どきを上げん！」

そう言って「えいっ、えいっ」と声を上げると、皆が一斉に「おうっ！」と応じた。

それはやむことなくいつまでも続き、いつしか三十郎の頬は涙でぬれていた。

ここに村上藩主戦派の戊辰戦争は終わりを告げたのである。

十月に入って、村上藩士たちは村上城下へもどることになったが、いかんせん、金がない。けれど、敗戦で混乱している庄内藩に頼るのは気がひけた。そこで三十郎は、金策に奔走しなくてはならなくなった。

まずは、村上藩士たちに有り金すべてを路銀として与え、鶴岡から散発的に村上へもどしていった。

それからは連日のように、村の庄屋や商家に金策にまわった。しかし庄内藩だって今後どうなるかわからない。だからなかなか大金を貸してくれる奇特な人間は現れなかった。ときには居留守を使われてしまうこともあった。

こうして金策に苦しんでいるとき、先に村上入りした仲間たちから、「藩の実権をにぎった久永惣右衛門と江坂與兵衛が、主戦派を領内に入れようとしない。すぐにもどってきていただきたい」という書簡がとどいた。

驚いた三十郎は、その日（十月四日）のうちに鶴岡を発つことにした。

休みもとらずに夜通し駕籠ですすみ、小波渡の手前で夜があけた。温海まで来たとき宿屋で朝食をかっ込み、さらに鼠ヶ関で昼食をとり、戦争中に止宿していた八十郎方に別れのあいさつのために立ち寄ったのである。

世話になった八十郎にあつく礼を述べて、三十郎が辞去しようとしたとき、八十郎は、

「私からの心ばかりの餞別です」

そう言って、家の者に持ってこさせたのは、何と千両箱であった。

「こんな大金をいただくわけには……」

と言いかけた三十郎をさえぎって、

「友と呼んでくださったそうですね」

八十郎は破顔した。

「あなたに命を救っていただいた熊蔵は、私の甥。あやつは、『生涯あなたの言葉は忘れぬ』、そう申しておりました。失敬ながら、この私も、あなた様を友だと思っております」

三十郎は深くお辞儀をして、「私には何もないが……」、そう述べつつ、自分の身につけていた真っ赤な陣羽織をその場でぬぎ、八十郎に与えたのだった。

この実物が、いまも奇跡的に地元鼠ヶ関に保管されている。

この日、三十郎はさらに進んで勝木村で宿をとった。

翌六日、早稲田村で昼をとったが、ありがたいことに亭主が酒も一緒に出してくれた。ほとんど下戸に近い三十郎だったが、この日は、少しだけたしなむことにした。

底冷えする日に、酒が適していることを改めて感じた。とにかく三十郎は寒がりだった。初夏になっても、貂《てん》の毛皮を羽織の下に着ているほどだった。

夕方、小川村に入って、そのまま山辺里口関門を抜けようとした。門前川を越えればもうそこは城下だ。ところが印鑑がないという理由で、関門を通過させてもらえず、仕方なくその日は、小川村に止宿することにしたのである。

警備をになっているのは、顔見知りの村上藩士たちであった。おそらく帰国した三十郎の扱いをめぐって、藩首脳部と新政府の役人とのあいだで話し合いが必要なため、いったん足止めしたのではなかろうか——。

翌日、小川村で昼食をとり、ふたたび山辺里口関門に達し、通過を求めたところ、今度はすんなりと認められた。

関門から望む城下の景色は、二月前とまったく変わっていなかった。あらためて三十郎は、この町が戦災をまぬがれたことに安堵した。

事前に村上民政局から指示をうけたとおり、三十郎は鷹匠町の善龍寺へ入った。村上民政局というのは、新発田に置かれた新政府軍の本営の出先機関であり、村上領内を支配していた。

意外にも三十郎は、身柄を厳しく拘束されたり、差し料をうばわれるといった屈辱は受けなかった。ただ、家老がもどってきたというのに、誰一人、出迎えてくれる藩士はなかった。

賊と通じて新政府に敵対した大罪人ゆえ、藩首脳部がそれをかたく禁じているのだろう。

三十郎は寺に入ると、すぐに来着したことを家老の島田直枝に手紙で知らせた。

島田は鳥羽・伏見の戦いのとき、京都にあって国元へ情報を送っていたが、やがて江坂衛守と交代して岩村田の藤翁のもとで仕えていた。そして村上藩が新政府に降伏した後、藤翁の指示で村上へもどったのだ。

久しぶりに故郷にもどって気持ちがゆるんだのか、それから三十郎は、翌日の日が高くなるまで泥のように眠りつづけた。

――夢に、錞と光が現れた。

錞は玄関で手をついて自分の帰宅を出迎えてくれた。はにかんで、母の陰に隠れるようにして光がじっとこちらを見ている。三十郎は、光に笑顔を見せた。父は怒っていない、そう思ったのだろう、キャッと歓声を上げながら、こちらに歩み寄ってきた。また、キャッと声がする。

その瞬間、三十郎は飛び起きた――。

（夢ではない。確かに光の声だ！）

そう思って身を起こすと、ふすまがサッと開いた。まぶしい明かりが室内に満ち、三十郎の視界は真っ白になった。

「とと……」

やはり、光だ。それにもう一人、

「三十郎、いつまで寝ていやがる。いいかげん、待ちくたびれたぞ」

そうだ、なつかしい江坂與兵衞の顔だ。

キャッ、光の歓声が上がった。與兵衞が彼女を肩に担いでいるのだ。

最初に自分を訪ねたのが、敵対していると見せかけていた與兵衞なのが、三十郎にとってはまことに意外だった。しかも光を連れている。

この人ならきっと、自分を遠ざけたり、徹底的に排斥し、新政府のご機嫌をとるだろうと考えていたから、なんとも驚きであった。

その気持ちを察したらしく、

「今日は、お前のしでかした大罪を、執政としてこのおいらが叱りに来たのさ」

そう戯《たわむ》れた。その声は、健在な三十郎の姿を見て安堵したのか、心なしか弾んでいた。

三十郎は、光を與兵衞から受け取ると、両腕で彼女を抱きしめた。そしてその頭をなでながら、それから一刻以上もふとんの上にあぐらをかいたまま、庄内での戦争体験を與兵衞に語り続けた。

光は、いつのまにか三十郎の腕のなかで眠ってしまっていた。

やがて話は、村上藩の今後のことにもおよんだ。

——何としても本領を安堵したい。

立場は違うけれど、それが、二人の共通の願いであった。

ただ、いま村上藩の存立を危うくしているのは、自分たち主戦派、とくにその首領となった三十郎自身なのだ。

36

翌九日、三十郎は、主戦派家老の内藤鍠吉郎と重職の杉浦新之介を伴って、小国町覚左衛門方を宿所としている新政府方の山崎傳太郎のもとへ出頭した。

村上民政局が設置された場所は、家老島田直枝の屋敷だったが、その責任者をつとめていたのが、権判事の山崎傳太郎（加賀藩士）であった。

三十郎は傳太郎が部屋に入ってくると、畳に頭をこすりつけて深くおのれの罪を謝罪するとともに、鶴ヶ岡城下から帰還している主戦派藩士の保護を依願した。傳太郎はその言葉にしずかに耳を傾けたあと、あらためて三十郎たちに謹慎を命じた。

だがこの日、三十郎の耳にいやな噂が入ってきた。すでに帰還している同志たちが、自分たちを冷遇する恭順派の村上藩士たちに強い不満を抱いているというのだ。

（いまは耐えるしかなかろう……）

そこで急ぎ三十郎は、同志たちが滞在している各宿所に大目付を遣わし、「決して恭順派の人びとに失礼がないよう、謹慎第一を心がけよ」とくぎを刺し、「何かよんどころないことがあれば、夜分でもかまわぬから私のもとに来い」とつけ加えた。

村上藩士たちが敵味方に分かれて殺し合ったのは、まだ一月半前のこと。当然、和解できるはずもなかった。だからここは、負けた自分たちのほうがこらえるしかないのだ。

この日、ついに雨が雪に変わった。

とうとう村上に冬が訪れたのだ。

北国育ちにもかかわらず、寒がりな三十郎にとっては、いやな季節のはじまりだった。

十月十日と十一日の両日、三十郎は、主戦派家老の内藤鍠吉郎や脇田蔵人らと会って、同志たちの慰撫と統制について話し合った。

——翌十月十二日、村上藩庁から重職の伊勢朔平が遣わされてきた。

朔平は三十郎に対し、

「今日の暮六ッに脱走した重職を連れて浄念寺にお越しいただきたい。御隠居様の直書がとどき、そこに今後のご意向が記されているので、ぜひともそれを御覧いただきたい」

と連絡してきた。

そこで三十郎は、家老の内藤鍠吉郎と大目付の中根勘右衛門、杉浦新之介を伴い、浄念寺の本堂に足を踏み入れたところ、すでに家老の島田直枝をはじめ、鳥居杢左衛門、石田九蔵、五月女勘ヱ門、伊勢朔平ら恭順派の面々が藤翁の直書の前にずらりと端座していた。

しかし、三十郎たちが入ってきても、笑顔どころか会釈すらもなかった。いずれも二ヵ月前には会えば談笑する間柄の仲間たちであった。しかし敵味方に分かれて戦ったことで、互いの中に抑えきれない憎悪の感情がふくれあがっていた。

三十郎たちが着席するとまもなく、家老の久永惣右衛門と江坂與兵衞が続けざまに入ってきて上座に着いた。

三十郎は、久しぶりに惣右衛門の顔を見た。少しやつれた感じがあったものの、相変わらず穏やかな笑みを浮かべていた。しかし、三十郎とは決して視線を合わせようとはしなかった。

無理もあるまい。有無を言わせず引退に追い込んだわけだから、わだかまりが解けるはずもない。ましてや、錞と光のことがあった。村上藩降伏後、二人は実家である久永家にもどらなかったのである。あくまで自分は鳥居家の人間なのだと言い張り、主戦派の鳥居与一左衛門の屋敷に身を寄せていた。

惣右衛門にとって、愛娘と目に入れても痛くない孫娘をこのような境遇におとしいれた三十郎を許せるはずもなかった。

「では」

という惣右衛門の言葉を合図に、伊勢が巻紙になっている藤翁の直書を開いていった。黒々とたっぷり墨を使い、流れるように書く独特な文字が現れた。

あきらかに藤翁の直筆であった。

開き終わった直書に一同が一礼すると、冒頭からゆっくりと伊勢が草書を読みあげていく。

手紙には、「今後は久永惣右衛門と江坂與兵衞に政務万事をまかせる」と明記されていた。さらに続けて、「庄内藩へ走り、我が藩のための節義を失った家臣は、今後一切、政治に関わることはまかりならぬ」と強い調子で断言してあった。

全員が一読したと判断した惣右衛門は、

「見てのとおりである。よってこれ以後、鳥居三十郎、内藤鍠吉郎、脇田蔵人の三家老以下、勝手に藩を捨て去り、賊として天朝様に抗敵した面々は政務一切から除くこととする。さらにもう一つ、酒井忠篤公の弟君、禎吉郎様をご当主とする案件、あれは破談とする。親類といえども、朝敵の一族を内藤の家に入れるわけにはいかぬ。それが、御隠居様のご意向であらせられる」

そう申し渡したのである。

宣告をうけた主戦派の面々は、色をなした。

とくに、鍠吉郎や杉浦新之介らが激しくこの決定に反発し、「これは、恭順派が自分たちを排除するために御隠居様に説いて書かせたものだ」と非難し、ついには、この期におよんでも村上にもどろうとしない藤翁を責めはじめたのである。

ただ、藤翁のためにあえて弁明するならば、それは正しくなかった。

信濃国岩村田に滞留していた藤翁は、まことに老獪だった。かの地で帰国する絶妙なタイミングを見計らっていたのだ。

そしていよいよ官軍が村上城下へ迫った八月十日、新政府に帰国願いを出したのである。藤翁は、中島行蔵がもたらす江坂與兵衞の密書を通じて、正確に国元の状況を把握していた。つまり、村上藩が降伏した直後に城下に入り、そのまま藩士たちを掌握し、新政府への忠節を示そうと考えていたのである。

が、その願いは、あっけなく新政府によって却下されてしまった。

さらに藤翁は、九月二十日にも再度帰国願いを出している。これもやはり庄内藩の降伏も近いと判断し、村上へ入って実権をにぎり、帰藩してくるであろう主戦派を統制しようともくろんだのである。

だが、この願いも新政府に認められなかった。

つまり、決して国元にもどろうとしなかったわけではないのである。

いずれにしても、その後も両派の激しい議論がえんえんと続いたが、三十郎はどこか他人事のように上の空でそのやり取りを聞いていた。

「節義を失った家臣」と藤翁に切り捨てられたことに少なからず衝撃をうけたものの、この措置自体はむしろ当然だと考えた。おそらく自分なら、主戦派にもっと断固たる処分をくだして内藤家の将来を守ろうとするだろう。三十郎が心底無念に思ったのは、禎吉郎を当主に迎える約束を、藤翁に破棄されたことであった。

（二度と私は庄内の同志たちに顔向けできぬ。この一事は、万死に価する）

そう思った。

戦友たちの顔が次々に浮かんでは消えていった。

37

十月二十二日、鳥居与一左衛門が村上民政局からの通達を持って善龍寺を訪ねてきた。

読んでみると、新発田におかれた新政府本営からの呼び出しであった。

そこで翌日、水谷孫平治とともに新発田に出向き、新政府の本営に出頭した。

同二十五日、軍監の岩崎誠之助（水戸藩出身で土佐藩の陸援隊士）がみずから三十郎たちの部屋に訪れ、いきなり声高に、

「おぬしたちが先般鶴岡にて差し出した書面に、不審の廉《かど》がある。ゆえに、受け取るわけにはいかぬ。持ち帰って謹慎し、そのまま沙汰を待て！」

と言って、三十郎のしたためた嘆願書を突き返してきたのである。

訳がわからぬまま三十郎がぼう然としていると、少し態度をゆるめた岩崎は、五日前に

藤翁が提出してきた嘆願書の写しを懐から取り出して見せてくれた。

その嘆願書は、「臣、信思《のぶもと》（藤翁）、泣血叩頭《こうとう》伏テ奉哀願候」という悲痛な叫びではじまっていた。

書面の中で藤翁は、いかに自分が日ごろから家士たちに勤王を心がけるよう説いてきたかを述べたあと、諸道がふさがり自分が国元にもどれなかった無念さを語り、周囲の大藩から強要されて余儀なく奥羽越列藩同盟に加盟したことを詫びていた。さらに、

「自分が招いた罪とは申しながら、庸臣《ようしん》のために従来の朝廷に対する赤心《せきしん》が水の泡となり、まさに万死に値する罪におちいり、断腸の思いです。もはや血の涙を流して慟哭《どうこく》するほかはございません。しかしながらなにとぞ、海のごとき度量をもってこれまでの罪をお許しいただきたい。もしお許しいただけるのであれば、このうえは勤王のため、残らず家来どもを引き連れて、屍《しかばね》を原野にさらし、これまでの罪を奉じる覚悟でございます。どうかこの段、お聞き届けいただくよう、伏して哀願いたします」

そう記されていた。

還暦に近い藤翁が、お家存続のため、なりふりかまわず新政府に憐憫《れんびん》の情を求めたものだった。これを目にしたとき、さすがに三十郎の気持ちは沈んだ。ただ一方で、家臣たちを引き連れ屍をさらしてまでも、内藤家を存続させるのがそんなに意味のある大事なことなのか——と疑問を感じたのである。

「家臣あっての内藤、領民あっての村上藩ではないか……」

知らぬ間にそうつぶやいていた。

隣にいた水谷孫平治は、これを聞いてギョッとした。また、その話を聞かなかったことにしたいのか、岩崎は静かに部屋を出ていった。

故・信民公の領民を思う気持ち、鼠ヶ関で藩や階級を超えた同志たちとの交流によって、鳥居三十郎は自分でも知らぬあいだにその思考が大きく変わっていたのである。

翌日、三十郎は、新政府に宛てた願書を岩崎に提出した。

「隠居藤翁より嘆願書差し上げ奉る旨、伝承仕《つかまつ》り候。何とぞ右を以て、内藤家血食断たずよう、寛大の御所置成し下され候様、ひとえに嘆願奉り候。しかる上は、右御不審の廉《かど》を以て、私ども儀、如何様《いかよう》の御所置、仰せ付けられ候とも、御遺念御座なく候。早速、引き取り謹慎、御沙汰を待ち奉り候。すべて主家存亡の際、痛心のあまり、万死を冒し、猶《なお》また、嘆願奉り候。恐惶々々謹言《きょうこうきょうこうきんげん》」

三十郎はこのように、藤翁が内藤家の存続嘆願書を出したことを受け、官軍に抵抗した自分たち主戦派がどんな罪に問われてもかまわないから、どうか内藤家だけは断絶させないで欲しいと哀願したのである。

ただ、この書面を認めながらも、

（それほど家というのは、大事なものなのか……）

その疑念が大きくふくれあがっていた。

その日、三十郎はそのまま新発田を発って村上へもどっていった。

村上に帰ってきて三日後、三十郎が居所としている善龍寺は、突如、薩摩藩兵に包囲された。

じつは十日前、加賀藩士に代わって、大砲六門を擁した薩摩六小隊が村上藩に駐留することになった。

この薩摩藩兵はいきなりやって来て、善龍寺を厳重に警護しはじめたのである。つまりこの措置は、逃亡と自殺の防止、他者との連絡を禁止するものであった。いよいよ、村上藩でも戊辰戦争の戦後処理がはじまるわけだ。

まもなく三十郎ら十六名の主戦派重職たちは、正式に戦犯の容疑で、身柄を拘束されて取り調べをうけることになった。

三十郎は実質、寺内に押しこめられ、一切の連絡を絶たれ、ときおり取り調べをうけた。ただし、事情聴取にあたったのは村上民政局の役人ではなく、村上藩士たちだった。単に面倒だったのか、それとも憐憫だったかは不明ながら、まかされた以上、恭順派藩士たちは過酷な取り調べを主戦派に対しておこなった。その状態は、およそ一月半におよんだ。

なお、同様に藤翁も江戸での謹慎を命じられ、十一月初旬に岩村田を発し江戸に赴いている。

そして十二月七日、ついに村上藩内藤家に対する処分が下された。

村上藩では三ヵ月前から、「亡き信民に代わって、ふたたび藤翁を内藤家の当主にしていただきたい」という嘆願をたびたび新政府当局へ提出していたが、それは認められなかった。

しかしながら、藤翁が養子をもらって内藤家を存続することが許された。

そこで村上藩では、岸和田藩主岡部長寛《ながひろ》の十三歳の長男長美《ながとみ》を養子として迎え入れ、翌年二月、信美《のぶとみ》と改めて家督を継がせしめた。こうして内藤家は、お家断絶はまぬがれたのである。

なおかつ驚くべきは、村上藩の領地が完全に安堵されたことであった。

戊辰戦争で政府に敵対した藩のほとんどは多かれ少なかれ、減封や転封処分をうけていた。だからこの措置は、会津藩や仙台藩、米沢藩などと比較して、極めて寛大であった。

藤翁が一貫して勤王側に立っていたことも大きかったかもしれないが、やはり、官軍に無抵抗で城下を明け渡し、以後はその先鋒として活躍したことが高く評価されたのだろう。

つまり、脱走して抵抗し続けた主戦派の行動は、村上藩の処分に影響しなかったことになる。

だからこの知らせをうけたとき、ホッとした三十郎は、思わず顔を覆って号泣した。これ以上の満足はなかったからだ。

いよいよ十二月に入ると、新政府は村上藩庁に対し、「叛逆者首謀の家来、精細取調べ、早々申し出るべき事」という要求を突きつけてきた。

他藩と同様、いったんは奥羽越列藩同盟軍として新政府に敵対したからには、誰かがその責任を取らねばならなかった。これは致し方のない措置であり、いうまでもなく、藩主に代わって首謀として罪をかぶるべき者は、家老など重臣であらねばならなかった。

ただ、奥羽越列藩同盟軍側にあった大名家の多くが、このたびの戦争で重臣たちが命を落としていた。その場合、彼らを首謀として届け出ることが認められた。しかしながら内藤家は、三十郎の機転によって戦死者は極めて少なく、重職はいずれも健在であった。

（一人差し出すとすれば、それはもちろん、私しかあるまい）

三十郎はそう考え、自分の名を挙げてくれるよう、藩庁へみずから申し出た。

同じころ、やはり謹慎中の筆頭家老の脇田蔵人が、「私が責任を負いたい」と申し入れた。

だが、誰が見ても、戦犯としてふさわしいのは、二十八歳の若き三十郎のほうであった。

婿を差し出せば、きっと娘はうらむだろうし、孫の行く末が心配である。

（できるなら、この老いぼれが代わってやりたい）

そう久永惣右衛門も考えた。

しかし、恭順派を代表する惣右衛門が「叛逆者首謀」になれるはずもなく、結局、惣右衛門は島田直枝と話し合って、鳥居三十郎を首謀者として新政府に届け出たのである。

38

善龍寺での蟄居は、それからもしばらく続いた。

三十郎が取り調べのために東京へ発つことが決まったのは、三月五日のことであった。

三十郎の身柄はその日のうちに、善龍寺を警固する金革隊から村上藩重臣の重野兵馬と矢部金兵衛に引き渡された。

金革隊は、昨年（明治元年）十一月下旬に薩摩兵に代わって村上城下に入り、領内の警備を担当していた。越後の農民で構成された部隊であった。

二日後の三月七日、大目付の伊勢朔平、中小姓の五月女満蔵、徒目付の松永文左衛門ら十数名に伴われて、鳥居三十郎は村上の地を後にした。

ようやく城下の桜が蕾を開きはじめた、穏やかに晴れた朝であった。

「これが、見納めかな」

そうつぶやいた三十郎の言葉を、家士の武藤茂右衛門はわざと聞こえないふりをした。縁起でもないと思ったからである。

東京へは十七日間もかかった。

江戸に着いた三十郎のあつかいは、他藩の戦犯とは大きく異なっていた。他家へのお預けとはならず、村上藩邸内での謹慎が許されたのである。じつは、あの顔色の悪いしょぼくれた留守居役、内藤信寅が、自分の有する最大限の人脈を用いて、このような待遇を実現させたのだ。

だから三十郎は、広い邸内で比較的自由に過ごすことができた。ただ、いつ新政府の役人が三十郎を取り調べにくるかもしれないので、月代や髭を剃ることは認められなかった。

三十郎は、できるだけ明るく振る舞うように努めた。

先のことを考えると辛気《しんき》くさくなるし、あまり江戸詰めの藩士たちに気を遣わせたくないからだ。じつは江戸詰めの藩士の多くは、東北戦争時は藤翁とともに信州岩村田にいたので、武士の一分を通し、最後まで官軍と戦って負けなかった三十郎に、多くの者たちが好意をよせていた。

けれど三十郎は、彼らからの同情が集まり、憐憫の目で見られることが、逆にうとましかった。

（普通に接し、普通に死なせてくれ）

そういう気持ちが、逆に明るさとなって表れた。

鐔と光にも、江戸からたびたび手紙を書いた。

手紙では、率直に二人を愛しむ気持ちを伝えた。この期におよんで自分を飾る必要などないからだ。正直に「お前に会いたい」と何の衒《てら》いもなく鐔にしたためた。

このとき記した三十郎の手紙は、その後の鐔の長い人生の支えとなった。彼女はやさしい言葉がちりばめられた夫の手紙をいつも手元に置き、辛いときにはそれを紐解き、光を女手一つで立派に育て上げたのである。

三十郎が江戸で罪の裁定をまっているとき、まだ戊辰戦争は終結していなかった。蝦夷地は、榎本武揚ら旧幕府脱走軍の支配下にあったからだ。だが、雪解けを待って、明治二年四月の末から官軍の蝦夷地総攻撃がはじまった。噂では、箱館を拠点に旧幕府軍が頑強に抵抗を続けているという。

「むだなことを」

そう江坂與兵衞ははき捨てた。

三十郎は、苦笑いをした。

最近は、毎日のようにこの男と会話している。

與兵衞は戦後、惣右衛門とともに藩政を牛耳っていたが、いまは無役であった。

十一月初旬、藤翁の江戸謹慎処分が決まると、自分もさっさとその職を辞し、国元を離れて江戸へのぼってきていたのである。藤翁の謹慎を解くため、みずから政治工作を展開しようと考えたのだ。

「国元を捨てるなんて、無責任ですよ」

それが、江戸で與兵衞と再会したときの、三十郎の挨拶であった。與兵衞は苦笑いして頭を掻いた。

村上藩邸では、藤翁も謹慎していた。

江戸到着時、一度だけ三十郎は形式的な挨拶をしたものの、それからは、一切謁見をひかえている。

自分が内藤家にとっての大罪人だからであったが、同時に、国元を勤王で統一すべく信民公の下向を願ったのに、あえなく死なせてしまったうえ、みずからが主戦派の首領となって内藤家の社稷《しゃしょく》を危うくしたため、さすがに顔を合わせづらかったのである。

——五月十四日、そんな藤翁から三十郎に呼び出しがあった。

三十郎が室内に入ると、すでに上座に藤翁がいた。その脇には、留守居役の内藤信寅がひかえている。

「三十郎、お前に新政府よりの沙汰がくだった」

そう言って藤翁は、信寅をうながした。

三十郎が深々と一礼して顔を上げると、ふだんから顔色のすぐれない信寅が、いっそう青ざめた面持ちで手にした書面を両手でまっすぐに持ち、ゆっくりと罪状を読み上げた。

「反逆首謀、鳥居三十郎、その方、天朝様に抗敵いたした大逆《たいぎゃく》の罪により、今般《こんぱん》、村上表にて刎頸《ふんけい》を仰せつけるものなり。以上」

「承服つかまつる」

三十郎は、深々と頭を下げた。

異例ながら新政府は、鳥居三十郎の処刑を故郷の村上で執行することを認めた。

三十郎が静かに退出しようとしたとき、藤翁が三十郎に向かって、

「許せ……」

そう一言、声をかけて頭を下げた。

藤翁の言葉を聞いて、足を止めた三十郎はその場で深く一礼して退出した。


部屋にもどって畳に体を放り出すと、三十郎は大きく息をはいた。なぜか脳裏に錞と光の笑顔ばかりが浮かんで閉口した。いざ死刑を宣告されてみると、生への執着がわいてきてしまったようだ。そんな己の甘さを断ち切る意味でも、その夜、三十郎は足腰が立たなくなるくらい、木刀の素振りをおこなった。

翌朝、落ち着いたところで錞に宛てて手紙を書いた。

自分が死を宣告され万事休したこと、これから帰藩するので最後に会って心静かに別れを告げたいことなど、いまの心情をありのままにつづった。

ただ、自分が死んだあと、心残りなのは妻子の将来だけではなかった。村上藩内のいがみ合いと対立であった。

城下は焼かれずに済んだものの、藩士同士が互いに殺し合ったことで、主戦派と恭順派の間には、ぬぐいがたい不信感と憎悪の感情がふくれあがっていた。

それだけではない。

わずか数ヵ月前にはじまった、町人と藩士の対立感情である。

率直にいえば、これまで村上藩士たちは、武士であることを理由に、城下の領民たちを人間としてあつかってこなかった。侍たちは領民たちを権力で押さえこみ、彼らから搾取することを当然と考えて生きてきた。

それを端的に物語っているのは、前に述べた板屋沢の庄屋の自殺であろう。庄内藩へ向から主戦派を冷淡にあつかったため、帰藩した彼らからの報復を恐れての行為だった。

それくらい領民は、村上藩の武士を恐れていたのだ。

しかしながら板屋沢地域は、村上城下から離れた農村である。むしろ村上城下では、反対の現象が起こっていた。

長年の村上武士に対する反感から、町人たちが急激に増長しはじめたのである。

一番の理由は、薩摩兵に代わって金革隊が村上城下の治安をになったことにあった。

小林政司を隊長とし百七十八名の隊士で構成された金革隊は、その多くが、越後出身の農民だった。隊長の小林自身も、蒲原郡大野村の農民だ。

そんな農民たちに、これまでいばりちらしてきた村上藩士が従順に従っている様子を目の当たりにして、領民たちは目の覚める思いがしたのだ。

それにいまや、自分たちを保護しているのは村上藩内藤家ではない。新政府の村上民政局である。

（だからいばり散らしてきた侍どもに、もうへつらう必要などない）

そう思うようになったのである。

（ただの穀潰しめ）

そんな感情が城下の町人たちの間に広まっていった。

こうして、まさに三つ巴の対立が、村上藩の混迷をさらに深くしていた。

（我が藩は旧弊を捨てていがみ合いをやめ、生まれ変わる必要がある）

そう三十郎は考えていた。

武士や農民や町民の別なく、人は協力して生きていくことができる。そんな得難い鼠ヶ関での経験を、自分の命が尽きる前に演出してからあの世へ旅立ちたいと願いはじめた。それが、家老として自分に出来る最後の奉公だと信じたのである。

かくして三十郎は、抜本的な藩政改革案を練り上げる決意をした。

39

改革構想をつくるにあたって、三十郎は島田重礼《ちょうれい》の助言をうけることにした。

この人物は、内藤家のお抱え儒者であった。

もともとは、武蔵国大崎村（現・東京都品川区）に生まれた名主（農民）の子であった。幼くして両親を亡くしたが、姉が機織りなどの内職をしながら彼を育てた。

やがて好学な兄の影響で、大沢赤城や海保漁村などの学者から儒学や漢学をまなび、その後、昌平坂学問所に入って教授の安積艮斎《あさかごんさい》の教えをうけた。その学問の進展ぶりはめざましく、同校の大試甲科（難関試験）に合格し、学問所の助教に抜擢され、ついには幕臣にまで取り立てられたのだ。

幕府の消滅後は、下谷長者町で私塾「双桂精舎」を開いて漢学を教授して生計を立てていたが、その学才を知った藤翁が「ぜひとも藩士の教育のため、我が藩にお出でいただきたい」と強引に招聘したのだった。

三十郎が重礼の部屋をたずねていくと、部屋の中は本で一杯だった。部屋が本でできているのではと思うくらいだ。少なくとも一万冊はくだらないだろう。

「島田先生――」

三十郎が声をかけた。

「お入りくだされ」

奥で声がする。

天井まで積み上がった本の山を崩さぬように部屋に入っていくと、小さな机を前に、姿勢を正した重礼がチョコンと座っている。三十郎が前に立っても表情を変えず、小さく一礼するだけだった。

「何の御用でしょうか」

そう言いながら、この男は、机の前に開いた本の書見を止めない。

(噂通りの本の虫だな……)

三十郎は内心おかしく思いながら、

「今日は先生に相談したき儀があって、参上いたしました」

と声を張った。

ようやく重礼は視線を上げ、三十郎を見た。

公家のように長細いあごに大きな耳、通った鼻筋、若くしてはげ上がった額、そして左が「眇目《すがめ》」であった。鼠のごとき異相に、三十郎は少し圧倒された。

若いころ貧しかった重礼は、なかなか本が買えず、つてをたどって太田金兵衛が開いている書店に住み込み、書庫の本をすべて読破したという逸話がある。

二十四歳のときに麻疹にかかって重篤となったが、平常のごとく一日中本を読み続けたため、ついに眼を患い、斜視になってしまったのだという。

のちに重礼は、東京大学や学習院大学の教授をつとめ、漢文や修身の教科書なども執筆するほどの漢学の大家となる。博覧強記ゆえ、東大の学生たちに囲まれて矢のような質問をうけても、即座に快刀乱麻を断つごとく、見事な解説をしてみせたという。

とにかく漢学について知らないことはなかった。

日本の漢学を発展させた島田重礼は、明治三十一年に六十一歳で死去したが、国家はその功績を称え、彼を正四位勲三等に叙している。

ただ、三十郎が会ったときは、彼より三つ年上の新進気鋭の学者であった。

三十郎は自分の描く理想の村上像を熱く重礼に聞かせ、意見を求めた。

助言を乞《こ》われた重礼は、

「おそらく新政府は、列強の植民地に転落せぬよう、これから積極的に西洋の思想や技術を取り入れ、近代国家を創り上げるでしょう。これにより漢学や史学は一時的に廃《すた》れていくに違いない。しかしながら三十郎殿、人は過去からしか学ぶことはできぬのです」

そう断言したうえで、

「長い歴史の中、まったく同じことは起こらぬ。しかし、同じようなことは何度も起こっているのです。事に際して聖賢がどのような方策に出たか。漢学には、中国数千年におよぶ英傑の叡智が詰まっています。古きを温《たず》ねることによって新しきを知るのです」

「して、その方法とは」

「村上の城下に大きな漢学校をつくるのです。ただしそれは、子供だけの学問所。一度凝り固まった観念は、簡単にぬぐい去れるものではありませぬ。大人には期待せぬことです。頭の柔らかい若人《わこうど》が自由に通える学び舎。武士も商人も農民もなく、ともに机を並べて聖賢の道を学ぶ。さすれば同窓の友垣は、きっと階級を超えていくでしょう」

そう述べた後、

「唐土では、我が国のように身分は固定化されておりませぬ。何度も王朝は変わったが、漢をつくった劉邦は下級役人の子、唐を創建した李淵は漢民族ではなく鮮卑一族、明を建国した朱元璋も貧農の子です。我が国でも、武士が統治者だと空威張りする時代はきっと終わる。そもそも私だって農民の子、それがいま、家老のあなたと対等に話しているのですから」

そう助言してくれた。

鼠ヶ関で農民や町人と生死をともにして戦った経験が、重礼の言葉をますます説得力あるものにした。

手を打って喜んだ三十郎は、

「先生、一つお願いがあります。漢学校ができた暁には、村上に来て教鞭にあたっていただきたい」

そう頭を下げた。

重礼はうなずいたものの、残念ながら彼が村上で教壇に立つことはなかった。先に述べたように、明治政府に登用されたからである。

ただ、ずっと三十郎の言葉が心に引っかかっていたようで、明治二十二年に藤基神社に鳥居三十郎の功績を称えた碑文が建立されたが、その文章は島田重礼が自ら手がけたものであった。三十郎に対する重礼のせめてものつぐないだったのかもしれない。

40

五月二十日、鳥居三十郎は江戸を発って村上に向かった。首を切られるためであった。

六月三日に帰着したあとは、安泰寺に幽閉された。

一切の面会は謝絶とされ、妻子に会うことも許されなかった。

すでに四月に金革隊（進駐軍）は城下から引き上げ、村上民政局もその支配権を村上藩に引き渡し、藩政が回復していた。

錞は夫に会えないことを知りつつも、毎日自宅から光の手を引いて安泰寺を訪ねた。ときおり、光の歓声が三十郎の耳元にも届いた。

「よく笑う。お転婆になりそうな」

身の回りの世話をしてくれている茂右衛門に、三十郎が語りかけた。

「そうだ茂右衛門、光に茶道を習わせてやってはくれまいか。あれはいい。心を練り、その所作などは女児の躾《しつ》けにはぴったりだ。本当はあいつが成長したら、私が……」

そう言いかけて、永楽茶碗に残った抹茶を一息に飲んだ。

三十郎は毎日漢籍などを紐解きながら、こころ静かに最期のときを待っていた。

だが、五日過ぎても何の音沙汰もなかった。

通常なら刑の申し渡しとともに、速やかに執行されるのが当時の常識であった。

じつは藩内では、三十郎一人に罪を負わせることに対し、反発の声が日増しに高まっていたのだ——。

「主戦派の一部が、三十郎を奪還するために安泰寺を襲撃するのではないか」

という不穏な噂も流れはじめた。

また、恭順派のなかにも、処刑を逡巡する声が出はじめていた。

だが、こうして藩庁が苦慮しているうち、とうとう新政府のほうから、刑を執行した旨を報告するよう催促が届いたのである。

対して村上藩庁は、

「六月十三日、鳥居三十郎の処刑は無事に済んだ」

と報告してしまったのである。

まことに信じがたい偽告《うそ》だが、この一事をもって、いかに三十郎の処置に苦慮していたかがわかるだろう。

しかしながら、これは重大な違反であり、もしこの事実が新政府にもれたら、村上藩はただでは済まないだろう。

そもそも三十郎は、江戸で首をはねられることになっていたのだ。それが不憫だからとて、藤翁自身が新政府に嘆願し、村上表において処刑することを認めてもらったのである。

だからこそ——、

「この期におよんで、三十郎は生きながらえることなぞ、望んじゃいねえよ。これじゃ、あいつは生殺しだ。早く楽にしてやってくれ」

そう江坂與兵衛は、家老の江坂衛守や島田直枝にねじ込んだ。

じつは與兵衛は、藤翁の許可を得て三十郎と同時期に村上にもどってきていた。

三十郎が最後の頼みだとして、藤翁に藩政改革の下書きを提示し、その実行者として與兵衞の復権を願ったからである。

——改革案は、驚くべき内容であった。

佐賀藩の均田制にならって、地主の土地を没収してその大部分を小作農に分与し、大量の本百姓を創出する。長岡藩のように禄制を改め、藩士の禄は一律十石宛てとし、農工商に従事することを許す。身分に関係なく子供たちは同じ学校に通って同じ教育をうけ、有能であれば農民や商人であっても役人や兵士に登用する。士庶に関係なく、有能な人物を議員とし、議会を開いて藩の重要事項を決議する。

「これから新政府がやろうとしている改革を、われわれが先取りしようというわけだな」

改革案を一読して、藤翁は目を細めた。

「はい。大きな花火を打ち上げて、士庶の確執を消し去ってごらんにいれましょう。ただ、私にはもう時間がありませぬ。これを完遂できる男は、私を除いて一人しか……」

「江坂與兵衞じゃな」

藤翁が即答した。

「はい。きっとまた、人びとからうらみを買うでしょうけど……」

そう言って、三十郎がクスリと笑った。

つられて藤翁も大口を開けて笑った。しかし、その目は心から笑っていなかった。

「相わかった」

藤翁は、三十郎の最後の頼みを快諾した。

だが、三十郎はその藤翁の表情がどうも気にかかった。

與兵衞がねじ込んだことで、鳥居三十郎の処刑は、六月二十一日に執行されることに決まった。

ただし、その処罰は刎頸《ふんけい》ではなく、名誉ある切腹へと変更になった。

これについては誰一人、異存を申し出る者はなかった。

本人の動揺を防ぐため、刑罰の執行が三十郎に知らされたのは、前日二十日の朝であった。

だが、すでにいつ執行されてもいいように、三十郎は辞世の句や漢詩は認めてあった。

知らせは、親戚一同にもこの日のうちに届いた。

その日の真夜中、江坂與兵衞は自宅で一人、三十郎が完成させた藩政改革案を肴に、手酌でちびりと酒で喉をうるおしていた。

改革案は三日前に、密事方の中島行蔵を介して三十郎が送ってきたのである。二人の関係を大っぴらに知られてはまずいから、行蔵に連絡を仲介させていたのだ。

「何度読み返しても、大したものだ」

こんな大事業を、果たしておいらが成しとげることができるのか——そんな不安がよぎってくる。

（しかし、これがあいつの遺言だ。何としても成功させねばなるまいて）

そう固く決心した與兵衛だった。

と、いままでうるさく鳴いていたはずの虫の音が急に途絶えた。

ピキッ、部屋のすぐ外で、小枝が折れる音がした。

「行蔵か？」

呼びかけに反応しない。

（刺客！）

與兵衛の心に緊張が走った——。

反対からは、かすかに畳がすれる音だ。

（もう屋内に侵入しているヤツがいる！）

ガサッ、また音がした。これはまた別の方角だ。

（しまった！）

いつの間にか與兵衛は、複数の人間に包囲されてしまっていたのだ。しかも気づかぬうちに近づくなど、相当の手練れだ。

自分を殺せるやつなどいないと、たかをくくっていたのが運の尽きであった。

與兵衞は、すばやく改革案の書かれた紙を懐に放り込み、行灯の灯りを吹き消した。

が、あいにく良く晴れた日で、月明かりで屋内は丸見えだった。

すさまじい殺気が、周囲に漂っている。

與兵衞が、刀掛けの太刀を取ろうとすばやく立ち上がったその瞬間、明り障子やふすまを破って、三人の男たちが一斉に室内に飛び込んできた——。

伸ばした與兵衞の右腕に衝撃が走り、同時に膝を切られて與兵衞はそのまま前に転倒した。そこを、上から何度も刃を突き入れられ、與兵衞の意識は遠のいていった。

與兵衞が倒れた物音に家人が気がつき、別の部屋の灯りがともった。

隣家でも異変を知ったのか、人の動く気配がした。

「もうよい」

首領らしき男が、他の二人を促した。

その言葉を機に、三人は別々の方角へ動きはじめた。

「て、鉄彌っ……」

その声に、最後に部屋から出ようとした男がギョッとした。

(お、俺に気づいたのか……)

足をとめた男は、振り返りざまに自分にすがろうとする與兵衞の首を薙《な》いだ。

喉から大量の血が飛び散り、気管を断ち切られたのか、しばらくヒューヒューと音がしていたが、それからまもなくしてその音は絶えた。

そこで鉄彌が部屋を出ようとしたところ、與兵衞が再び動く様子をみせたのである。倒れたまま左手に紙片を握りしめ、それを高く差しあげようとした。しかし、すぐに腕は垂れ落ち、二度と與兵衞が動くことはなかった。

鉄彌はとっさにその紙を與兵衞からもぎ取って素早く部屋を後にした。

刺客は、主戦派の島田丹治とその弟の鉄彌、そして宝田源五右衛門の三名だった。

41

鳥居三十郎は安泰寺に入って以来、いつ死を命じられてもいいように、心の安定を保つよう努力してきた。

そしていよいよ、明日、旅立つことが決まった。しかもありがたいことに、刎頸ではなく、武士として名誉ある切腹が許された。

だから自刃にそなえ、それからは一切の食事を断ち、何度も頭の中で腹を切る場面を思い描いた。

ただ、その夜はいつもどおりに床に入ったものの、目を閉じても睡魔が一向に訪れず、頭が冴えて眠れなかった。さすがに三十郎も、死を前にして平常心ではいられなかったのである。

そうこうしているうち、コツコツと、何かが雨戸にぶつかるような音がした。

不審に思って少し戸を開けてみると、月明かりを背に、男が一人に立っていたのだ。

（誰ぞ）

三十郎が誰何《すいか》すると、男はおのれの姓名を名のった。

島田鉄彌であった。

「鉄彌か、この真夜中に、いったい何の用だ」

そう言いながら、部屋の中に招き入れた。

入ってきた鉄彌の顔を見て、三十郎は目をみはった。

顔面に血しぶきを浴びているではないか！

鉄彌は、泣いていた。

「いったい何があったというのだ」

三十郎の脳裏にいやな予感が走った。

再度、尋ねると、鼻をすすりながら鉄彌はようやく、

「たったいま奸賊、江坂與兵衞を仕留めました」

（な、な…なに！）
三十郎は、まさかの告白に気が動転した。
血の気が引いていくのがわかる。
「どうか、どうか安心して明日の日をお迎えくだされ」
そう言ってから、両手をついて頭をこすりつけた鉄彌は、そのまま嗚咽し続けた。
（なんて、馬鹿なことをしてくれたのだ……）
後事のすべてを託したはずの與兵衛が、まさか、先だってしまうとは――。
三十郎はぼう然とし、しばし、言葉が出なかった。
が、この気持ちを絶対に鉄彌に悟られてはなるまい。
三十郎は、気を取り直して鉄彌に向き直り、その肩をつかんで抱き起こし、
「よくぞ、屠《ほふ》ってくれた。鉄彌、礼を言う」
その両肩を握りしめたまま、頭を下げたのである。
この言葉を耳にすると、あまりのうれしさに鉄彌は声を上げて泣いた。

江坂與兵衞が殺害されたことは、村上藩に大きな波紋をもたらした。
いや、激震に見舞われたといってよいだろう、
藩内抗争で重臣が暗殺されるなど、内藤家にとっても前代未聞の醜事《しゅうじ》だった。が、むし

ろ藩士たちが衝撃をうけたのは、新政府の厳しい反応であった。

「江坂與兵衞は一貫して勤王を主張し続けた人物、それを殺したということは、内藤家の中に新政府に反逆をたくらむ輩がいるということ。これを徹底して探し出せ。もし見つけ出さなければ、お家の存続が危ういと思え」

そう厳命してきたのである。

そこで、ただちに犯人の探索がはじまった。

しかし、数カ月が過ぎても犯人の見当がつかなかった。そのうえ、盂蘭盆《うらぼん》には鳥居三十郎を含む戦死者の慰霊祭を主戦派の面々が執行したのである。

新政府はこの事実を重く見て、明治二年九月、藩政をになう家老の久永惣右衛門や江坂衛守に出頭を命じ、その無策を責め、惣右衛門は水原県にお預け処分となってしまった。

そして重ねて新政府は村上藩庁に対し、改めて與兵衞殺害の実行犯を見つけ出し、厳罰に処すよう命じたのである。

だが、島田丹治ら三名が口をつぐんでいる限りは、與兵衞殺しの犯人は決して見つかることはなかった。誰とも相談しなかったことがむしろ幸いした。

すでに主戦派の重鎮たちはみな失脚しており、犯人を発見できずに譴責《けんせき》されるのは、藩政を握っている恭順派の連中だ。

「いい気味だ」

そう丹治は、弟の鉄彌に告げた。鉄彌もまったく同感だったが、一つだけ心配事があった。與兵衞が最後に渾身の力を込めて差し出した紙片である。何か見てはいけない恐ろしさを感じ、鉄彌は中身を確かめもせず、机の中深くにしまい込んでいた。

(あれを処分しなくては……)

そう思って、夜、こっそり紙を取り出して、開いて中身を確かめた鉄彌は、あやうく卒倒しかけた。

驚くべき藩政改革案であり、それを認めた筆跡が、あきらかに三十郎のものだったからである。

死ぬ前に三十郎がどのような理想を描いていたかがわかるとともに、その改革案を所持していたのが、江坂與兵衞であることに衝撃を覚えた。

「な、なんなんだ、これは……」

思わず、声が出てしまった。

まったく訳がわからない。

(なぜだ……)

鉄彌の頭は、激しく混乱した。

が、やがてゆっくりと状況を整理していくことで、すべてが氷解していった。

鳥居三十郎は、理想の実現を江坂與兵衞に託したのである。

「な、なんてことをしてしまったのだ――」

どうにもならない後悔の念が、とめどなく鉄彌の胸中をさいなんだ。

三十郎が自分の愚行を顔色一つ変えぬまま、許してくれたことを初めて知った。憎き與兵衞が最後の力をふりしぼって、自分にこの紙を渡した理由も理解できた。

もし三十郎と與兵衞がかたき絆でつながっていることが村上藩士たちに知れたら、三十郎はお国の英雄ではいられなくなる。

「その死を汚さぬため、與兵衞のヤツは、これを俺に渡して始末させるつもりだったのだ」

あれほど憎悪し、みずから屠《ほふ》った男が、いまさらながら偉大に思え、鉄彌は自分のしでかした罪の重大さに押し潰されそうになった。

鉄彌はすぐに與兵衞から受け取った紙を火中に投じた。

これで、二人のつながりは完全に消えたことになる。

その夜、鉄彌は、江坂與兵衞を己一手で殺害したことを藩庁宛てに告白する書簡を認め、兄・丹治へ遺書を書いて腹を割いた。が、死にきれずに胸を突き、血の海の中で苦しんでいるところを兄の丹治が発見した。

すぐさま医者を呼んだものの、おびただしい出血と、深い傷口のため、手の施しようはなく、それからまもなく鉄彌は息絶えた。二十四歳であった。

42

島田鉄彌が兄の丹治と宝田源五右衛門の三人で、江坂與兵衞を殺そうと決意したのは、與兵衞が三十郎を早く殺せと重職たちに迫っているという情報を得たからであった。

三十郎を信奉する主戦派にとって、これは許しがたき言動であり、万死に値する。

そして六月二十日の夕方——明日、三十郎の刑が執行されることを知った。

すべての情報を彼らに伝達していたのは、與兵衞の手足となっていた中島行蔵であった。

しかも行蔵は、今宵、與兵衞が在宅している事実を島田丹治に伝えた。

だから彼らは、

「三十郎に代わって、われわれが無念を晴らしてやろう」

と決し、それを実行に移したのである。

つまり暗殺を嚮導《きょうどう》したのは、じつは中島行蔵だったのだ。

が、その裏にいたのは、言うまでもなく藤翁であった。

「村上藩をおまえたちに壊されたくはないんだよ。悪く思うなよ、三十郎、與兵衞……」

二人の死を江戸で耳にしたとき、そうつぶやいて藤翁は静かに瞑目した。

だが、この二人が死んだことで、村上藩は想像を絶する混乱に見舞われることになった。主戦派と恭順派の抗争は激化し、藩政が完全に停滞、内戦が勃発するような状況におちいったのである。岸和田藩岡部氏から養子に入った内藤信美ではとうてい抑えきれなくなり、新政府からたびたび強い指導をうけるまでになった。結局、藤翁が村上に入らざるを得なくなった。だが、戦争中に国元にもどってこなかった藤翁も藩士たちの信頼を失っており、結局混乱状態のまま村上藩は廃藩置県を迎えることになった。

江坂與兵衞の殺害によって、三十郎の処刑は六月二十五日に延期となった。張り詰めた気持ちが、與兵衞の死と処刑の延期によって、ぷつりと切れたまま、三十郎は当日を迎えた。

この間、ただ乞われるままに三十郎は、形見の品や述懐の文章などを多くの知人に贈った。

最後の憐憫として、藤翁から妻子に会うのを許すという口伝が届いたが、逆に旅立つのに後ろ髪を引かれることになるので、それはきっぱり断った。

——当日の朝、帰国以来二十日ぶりに湯浴が許された。

茂右衛門が体を流してくれたが、その手が小刻みに震えているのがわかる。幼いころから長年仕えた主君の最期ゆえ、胸が張り裂けんばかりの悲しみを堪えているのだろう。

(これまで文句の一つも言わず、影のごとく寄り添い、よくぞ仕えてくれた)

そう言葉にしたい気持ちを三十郎はグッとこらえた。

それを口に出したとたん、互いの感情が乱れてしまうだろう。それに、言わずとも気持ちは通じている。

(心静かに逝こう)

そう思った。

月代と髭を剃り、三十郎は見違えるような若武者にもどった。

その後、大町の呉服店で新調した純白の帷子《かたびら》、麻の裃を身につけた。


いよいよ、刑の執行の時間が近づいてきた。

朝から一切の水分を絶っていた三十郎だったが、刑場に向かう直前、愛用の永楽茶碗で茶を二杯喫した。

喉から食道を伝って胃腑に温かさと清涼さが落ちていくのを感じた。

役人に促されて立ち上がった三十郎は、本堂脇の二の間に案内された。

真新しい畳三畳のうえにふとんが敷かれ、四方に白木の燭台がたてられていた。隣の一の間には検死役の矢部金兵衛と進藤彦右衛門がひかえている。

介錯は山口生四郎、副手は篠田甫作である。

二人とも、ともに戦った同志だった。藩庁の配慮が感じられた。

通常は、三方《さんぼう》に載った脇差しに手を伸ばした瞬間、その首を落とすのが切腹の主流になっていた。しかしながら三十郎は、本当に古式の作法にのっとり、死を遂げようと決意していた。

だから事前に山口生四郎に対して、「合図があるまでは首を落とすな」と命じていた。

三十郎は、父にならって腹を十文字に切るつもりだった。

当然、激しい苦痛が襲うだろう。これをやり遂げるにはすさまじい意志の力が必要だ。

医学的には、腹部を切開しても太い血管が通っていないため、切腹だけではすぐに失血死はしない。しかし、気の弱い人間なら痛みのために失神してしまう。

もともと切腹という自殺手段は、やむなく合戦で敗れたものの、その最期の場面において、どれだけおのれが勇敢であるかを敵に見せつける一世一代の大舞台だったと言われている。

「それでは、ごめん！」

そう言って三十郎は、主君の遺刀を両手に持ち、気迫を込めて刃を左脇腹に深々と突き立てた。

そして、刃を確実に横に引いていった後、いったん脇差しを引き抜いてから、刃を下向きに持ちかえ再びみぞおちに突き通し、それを上から下へとギリギリと引き裂いていった。

そして最後は力をふりしぼって、へそ下まで刃を切り下げた後、それを引き抜いて三方にもどし、「生四郎！」そう叫んだ。

瞬間、生四郎が太刀を一閃《いっせん》し、三十郎の視界は真っ白になった。

あとがき

正直にいうと、二年前まで鳥居三十郎という青年の存在を、私はまったく知らなかった。講演会に参加してくれた聴衆の一人から「ぜひ、『とりいさんじゅうろう』について書いてほしい」といわれたとき、何か心にひっかかるものを感じ、その名を何度か反芻し、自宅に戻ってインターネットで検索したところ、それが、幕末における村上藩の家老であることがわかった。

鳥居三十郎は藩主不在のなか、二十八歳で藩の全権をにぎり、村上城下を戦渦から救うとともに武士の一分《いちぶん》を貫き、翌年、戦争の全責任を負って切腹したと知り、私の関心は一気にふくらんだ。

昔から私は、若くして死んだ英雄に惹かれるくせがあったからだ。

小学生時代のブルース・リーに始まって、坂本龍馬、吉田松陰、土方歳三……。

鮮やかな光を放ち、彗星のように一瞬にして消えた偉人たち——そうした人物にあこがれ、自分もそう生きたいと願った時期もあった。

だから鳥居三十郎の生涯を知って、この若者を描いてみたいという強い衝動に駆られた。

けれど、そのあとすぐ正気にもどって、あきらめてしまった。だってそうだろう、鳥居三十郎なんてまったく知名度はないし、出版社だって商売だから、とてもこの企画が成立するとは思えなかったからだ。

――しかし、運命は不思議なものである。

執筆を断念した矢先、ＫＡＤＯＫＡＷＡで私の本を何冊か手がけてくださった編集者と会う機会を得た。聞けば新泉社に移られたという。しかも、「何でもいいから私の本を出してくれる」というではないか……。

私は二百冊近い著書を持つが、それでも採算を度外視した企画が通るほど出版業界が甘くない現実をよく知っている。

つまり、幸運がいきなり舞い込んできたわけだ――。

喜んだ私は、すぐに三十郎に関する記録集めをはじめたが、とたんに行き詰まってしまった。まだ幕末の出来事だというのに、村上藩に関する史料が極めて少ないうえ、肝心な三十郎についても、簡単な伝記と短期間の事務的な日記ぐらいしか残っていなかったのである。

これでは、とてものこと一冊の評伝にするのは難しく、断念するしかないと判断した。正直にその事実を担当編集者に切り出したところ、「わからないなら、小説にすればいいじゃないですか」と、思ってもみない提案をされたのだった。

私は歴史作家であるが、これまで出した作品はすべてノンフィクションである。小説なんて一度も書いたことがないのに、よくもまあ、言ってくれたものである。

しかしながら、もともと司馬遼太郎の『竜馬がゆく』から歴史の世界に入ったこともあり、その提案は、私にとっては極めて魅力的なものに思えた。

すでに自分も知命《ちめい》を過ぎたことゆえ、そろそろ小説なるものが書けるのではないか――、という変な自信もあり、その場で提案をあっさり引き受けてしまった。

が、それからが、塗炭《とたん》の苦しみであった。

史実と史実の合間をフィクションで埋めていけばよいとわかっていながら、読者の心を揺り動かし、あるいは、手に汗にぎる物語を創作することができないのだ。

書きはじめて実感したのは、小説を創るというのは、作者自身の中にある思いと記憶を文字化する作業であるということだった。だから私の歴史意識、個人の思想、社会に対するさまざまな見方、女性観や性癖にいたるまで、なにもかも晒さなくてはならない。

まことに奇妙な話をするが、私は生まれてこのかた、人生で大きな不幸を経験したことがない。たぶん、相当に幸福な部類に入る人間だと思う。大病もなく、家族や友人にも恵まれ、疎外されたりだまされることもなかった。そのためか憎悪や嫉妬など、あまり他人に対して激しい感情を抱くことができない。人を平気で裏切ったり、不倫を楽しむのも無理。簡単にいえば、とても「良い人」なのである。

そんな善良な中年男の頭のなかから、激動の幕末を生き抜いた武士たちのドラマを紡ぎ出すことなんて、土台、無理なんだ……。そう、何度も筆を折りかけた。

が、それとは別の自分が、「こんなチャンスを簡単に投げてしまっていいのか」と叱咤する。

そうしたせめぎ合いのなか、あっという間に締め切りの日が過ぎ、それから半年後、どうにかこうにか原稿といえるものが完成した。

しかしながら、まだ決定的に何かが足りない気がして、出版社に原稿を渡す前に、もう一度だけ村上市に足を向けることにした。

村上市郊外の本門寺には、鳥居三十郎が最後の日々を送り、自害をとげた部屋がある。私は事前にアポもとらずに本門寺へ出向き、その部屋の拝観を願い出た。するとご住職夫妻はこころよく承諾してくださり、本堂の前に続く三十郎の間に入れてもらうことができた。

室内はひんやりと涼しく、シンと静まり返っている。

大正時代に村上城下の安泰寺からこの本門寺に移されたと伝えられる。床柱が切断されているのが移築の証拠であろう。

十畳ほどの部屋だが、柱や貫が太く風格があり、驚くほどに天井が高い。

床の間には、真ん中に釈迦涅槃図がかかり、右に南無妙法蓮華経と書かれた掛け軸、左手に和歌がちりばめられた掛け軸がさがる。

私は三十郎が命を絶った部屋の真ん中にあぐらをかいて、しばし室内にたたずんでみた。座って掛け軸のさらに上へ目を転じると、「国家」と大書された額縁がかかっていた。

まさに戊辰の東北戦争は、新しい国家が生まれるにあたっての、激しい陣痛だといえた。その痛みに耐えきれずに村上藩主はみずからの命を絶ち、藩士たちは二派に分かれて対立をはじめた。こうした混乱のさなか、迫り来る新政府の大軍――そんな絶体絶命の窮地において、家老の鳥居三十郎は、主戦派だけを引き連れて城から脱し、城下を戦禍から救い、敵に一矢報いる決意をしたのである。

誰もが想像だにしない、見事な秘策であった。しかも、庄内藩鼠ヶ関において三十郎率いる村上藩軍は、庄内藩兵と一体となってすさまじい活躍を見せ、ついに終戦まで大敵を寄せつけずに砦を守り切った。天下に村上武士の意地を見せたのである。

「去年の秋さりにし君のあと追ふて
　　なかく彼の世に事ふまつらむ」

切腹の間にたたずみながら、三十郎の辞世の歌の一つが、ふと頭に浮かんできた。

君とは、自裁した若き村上藩主内藤信民のことである。

きっと鳥居三十郎は、あの世で自分の秘策を得々と信民公に語ったのではないか、そんな穏やかな場面が、私の脳裏に静かに浮かび上がってきた。

――いずれ人は、死ぬ。だからこそ、どう生きるかではなく、どう死ぬかを考えるべきなのかもしれない。

「そのためになら私は死んでもかまわない」

――そんな死にがいを見つけた人は幸せである。

二十九年という短い生涯ではあったが、私は、鳥居三十郎という若者は、死にがいを見つけた一人ではなかったか、そう信じている。

河合　敦

二〇一七年九月

参考文献

［郷土史史料］

温海町史編さん委員会編『温海町史　上巻』（温海町、1978年）
荒川町史編纂委員会編『荒川町史　資料編Ⅷ』（荒川町、2001年）
伊東多三郎監修、大瀬欽哉・斎藤正一・佐藤誠朗編纂執筆『鶴岡市史　中巻』（鶴岡市、1975年）
国幣中社弥彦神社越佐徴古館　編『越佐維新志士事略』（国幣中社弥彦神社越佐徴古館、1922年）
斎藤正一著、日本歴史学会編『庄内藩』（吉川弘文館、1995年）
新発田市史編纂委員会編『新発田市史　下巻』（新発田市、1981年）
新発田市史編纂委員会編『新発田藩史料　第1巻』（新発田市役所内新発田市史刊行事務局、1965年）
鶴岡市史編纂会編『鶴岡市史資料編　荘内史料集16－2　明治維新史料　明治期』（鶴岡市、1988年）
長岡市編『長岡市史　通史編　上巻』（長岡市、1996年）
新潟市史編さん近代史部会編『新潟市史　通史編3近代（上）』（新潟市、1996年）
日野市立新選組のふるさと歴史館編『日野市立新選組のふるさと歴史館叢書　第十輯　巡回特別展　新徴組――江戸から庄内へ、剣客集団の軌跡』（日野市、2012年）
村上市教育委員会編『1991年度埋蔵文化財発掘調査報告書　村上城跡関連』（村上市教育委員会、1992年）
村上城跡保存育英会編『お城山だより　No.10』（村上城跡保存育英会、1983年）
村上城跡保存育英会編『お城山だより　No.48』（村上城跡保存育英会、2016年）
村上市編『村上市史　通史編1原始・古代・中世』（村上市、1999年）
村上市編『村上市史　通史編2近世』（村上市、1999年）
村上市編『村上市史　通史編3近代』（村上市、1999年）
村上市編『村上市史　資料編3近世2：町・村、戊辰戦争編』（村上市、1994年）
村上市編『村上市史　資料編6近現代3：行政資料編　上巻』（村上市、1990年）
村上市編『村上市史　資料編9近現代6：教育文化人物編』（村上市、1992年）
樋木繁之助編纂『村上郷土史』（村上本町教育会、1931年）
山北町編『山北町史　通史編』（山北町、2006年）

横山貞裕著『村上郷土史物語』（村上商工会議所、1972年）
横山貞裕著『村上地方の歴史』（横山貞裕、1983年）
渡辺英治著『荒川町郷土史　補槌編』（荒川町、1978年）

［その他の資料］
青木美智男、阿部恒久編『幕末維新と民衆社会』（高志書院、1998年）
安藤英男編『河井継之助のすべて』（新人物往来社、1997年）
大場喜代司著『シリーズ藩物語　村上藩』（現代書館、2008年）
加藤貞仁著『戊辰戦争とうほく紀行』（無明舎出版、1999年）
木村幸比古著『図説　戊辰戦争』（河出書房新社、2012年）
坂本守正著『戊辰東北戦争』（新人物往来社、1988年）
佐々木克著『戊辰戦争――敗者の明治維新』（中公新書、1977年）
佐藤三郎著『庄内藩酒井家』（東洋書院、1991年）
中島欣也著『武士道残照――鳥居三十郎と伴百悦の死』（恒文社、1990年）
野口武彦著『幕府歩兵隊――幕末を駆けぬけた兵士集団』（中公新書、2002年）
野口武彦著『長州戦争――幕府瓦解への岐路』（中公新書、2006年）
野口武彦著『鳥羽伏見の戦い――幕府の命運を決した四日間』（中公新書、2010年）
土方正志著『日本のミイラ仏をたずねて』（晶文社、1996年）
星亮一著『敗者の維新史――会津藩士荒川勝茂の日記』（中公新書、1990年）
星亮一著『奥羽越列藩同盟――東日本政府樹立の夢』（中公新書、1995年）
星亮一著『長岡藩軍事総督　河井継之助――武士道に生きた最後のサムライ』（ベスト新書、2004年）
星亮一、遠藤由紀子著『ラストサムライの群像――幕末維新に生きた誇り高き男』（光人社、2006年）
本間勝喜著『シリーズ藩物語　庄内藩』（現代書館、2009年）
森銑三、野間光辰、中村幸彦、朝倉治彦編『随筆百花苑　第十三巻』（中央公論社、1979年）
渡辺れい著『最後の決断　戊辰戦争――越後四藩の苦悩』（新潟日報事業社、2012年）

河合 敦 かわい・あつし

1965年東京都生まれ。青山学院大学文学部史学科卒業、早稲田大学大学院博士課程単位取得満期退学(教育学研究科社会科教育専攻 日本史)。高校教師27年の経験を生かし、歴史研究家、歴史作家として講演、執筆、テレビをはじめとするさまざまなメディアで日本史の解説を行っている。第17回郷土史研究賞優秀賞、第6回NTTトーク大賞優秀賞受賞。近著に『日本史は逆から学べ』『変と乱の日本史』(共に光文社知恵の森文庫)、『「お寺」で読み解く日本史の謎』(PHP文庫)、『「夢のお告げ」が変えた日本史』(KAWADE夢文庫)など。

窮鼠《きゅうそ》の一矢《いっし》

2017年10月25日　第1版第1刷発行

著者

河合 敦

発行者

株式会社新泉社

東京都文京区本郷2-5-12

電話　03-3815-1662

FAX　03-3815-1422

印刷・製本

株式会社太平印刷社

ISBN978-4-7877-1710-8 C0095